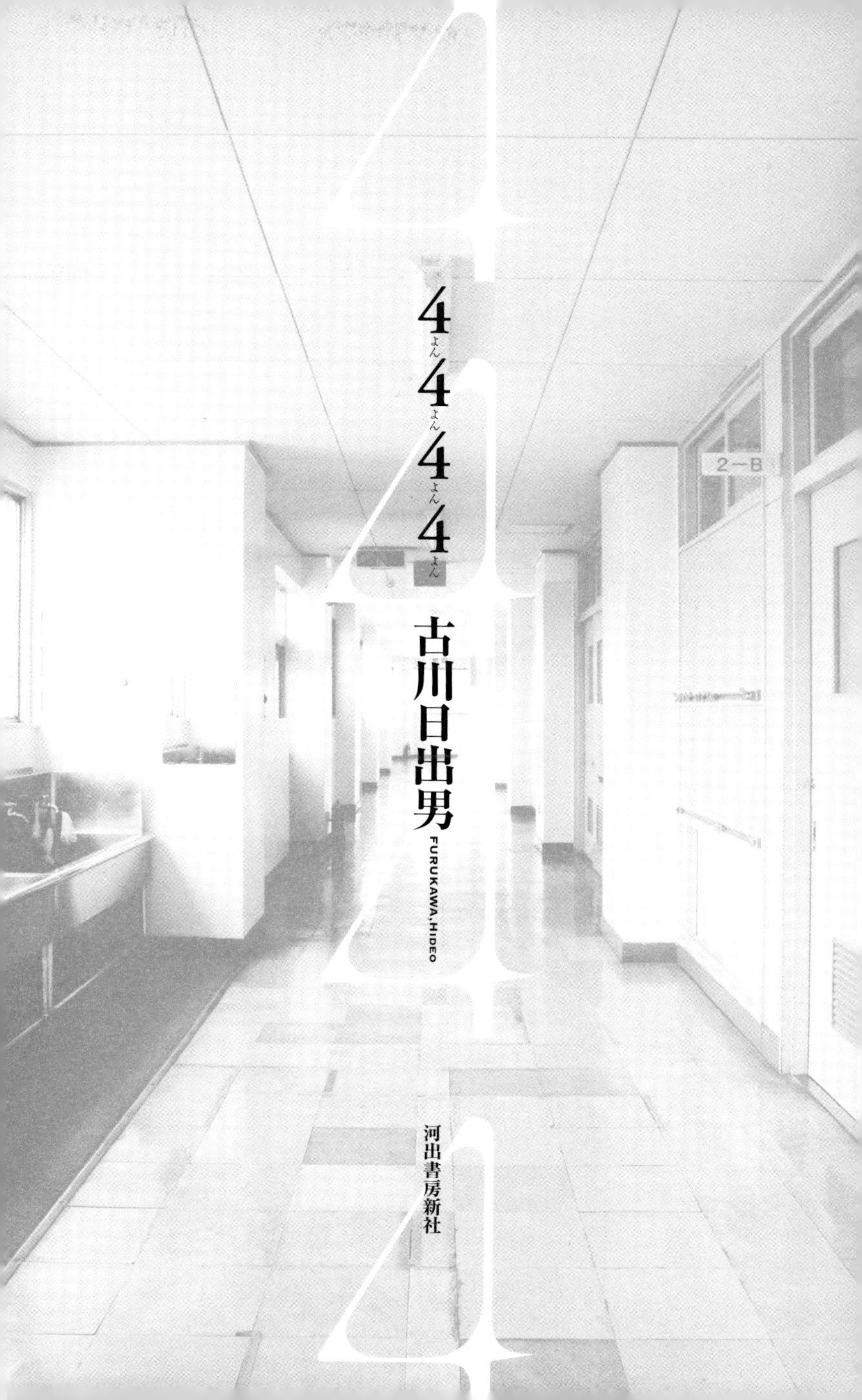

4《よん》4《よん》4《よん》4《よん》

古川日出男

FURUKAWA,HIDEO

河出書房新社

4444 目次

115
だれが待ってるかなんてわからないからわざわざトンネルに入るんじゃないのかな？

118
いくらですかと運賃をきいてみます？

120
何点になるんだ？

121
どのくらい多くのマコーレー・カルキン・フルスロットルがいたのだろうか、かつて？

125
いかなる手紙が宇宙のど真ん中で停止したか？

128
何割のクラスメートが聖者と化す資格を有しているのかを弾き出してみるプログラムってもう開発ずみだったかどうかの問い合わせは、した？

132
あと何分？

140
どうして引き算はネットワークを汚染するのか？

142
何年前に「劇団名はアトム・ラブズ・ウランにしました」と言われたの？

148
だれがアトムの記憶を再生したか？

152
四四四

154 どんな職場ならば就業時間中に辞表を出してガトーショコラを食べに行くか？

157 何回ガチャガチャいった？

159 なぜ僕がヘルプミーって叫んだらいけないんだろう？

160 なにどこだれどれが？

161 どちらを取るか、ゲームとマジ？

170 だれが同心円の真ん中にいますか？

174 いつまでにノイズたちは沈黙する？

177 だれの口から「家に帰ろう、ロバに乗って、アルミニウムの橋を越えて」との号令が発せられたのか？

179 なにが一九八一年に起きたか？

184 そして最後の晩餐は

186 四四四四

写真　永禮　賢
装丁　木庭貴信（オクターヴ）

4444

どうやったらプールでうなぎを養殖できるか？

びわ盗みには最適の日だった。雨がふっていた。わたしは弟と傘をさして（それは相合い傘ではない）、第四のルートに出た。

「第四のでいいよね？」とわたしは訊いた。

「ヨン？」

「三のつぎ」

「うん」と弟はうなずいた。

わたしたちにはいつもの散策のルートが複数ある。それらは天気とか目的とか、その日のいろんな条件に合わせて、選択されたり、されなかったりする。この季節、びわを沿道から盗むのなら、第四のルートにかぎられる。視界にはいつも、びわの熟した黄色い実が何十、何百とつっていたから。ただし、それはわたしの視界にってことで、弟の認識ではどうなっているか、想像できない。だからわたしは確認した。

弟の傘が揺れる。

一歩、わたしに先んじている。

わたしの傘も揺れる。

たいした降りかたではないけれども、雨は、わたしたちを隠す。

「捕れる？」と弟が訊いた。

「しー」とわたし。「……ほら。はい！」

「これは、いいびわ」

「ほんとう？」

「ほんと」と弟が断言する。

わたしは褒められてうれしい。収穫にふさわしいびわの実って、見分けるのはむずかしいのだ。しかも、たいていのびわの樹は他人の家の庭に生えている。枝が道路まで張りだしているのなら、それは〝公共のもの〟だとわたしは判断するけれども。

弟がポケットからナイフを出す。

それでびわの皮をむいた。

小さなナイフ。

そして、皮をむいて食べるのは弟の主義。

「はい」とわたしにも一つ、くれた。

弟のポケットからはいろんなものが出てくる。なんでも出てくる、とわたしは感じるときがある。他人の所有物も出てくるけれども、それは盗んでいるのではない。それは入るのだ。ほとんど勝手に、弟のポケットに入る。まだ通学していた頃には、弟は誤解されていた。

弟は盗んだりしない。

わたしたちはいま、びわを盗んでいるけれども。

何人分もの携帯電話が弟のポケットに入っていたこともある。鳴る順に弟は応答した。「はい、トトキです」って。「はい、こちらはトトキです」って。

いつか、わたしさえも弟のそばから消えたら、だれが弟の面倒を見るんだろう？

「抜群のびわ」とわたしは言った。

「うん。これも」と弟は言って、ほほえんでいるのが波動みたいに感じられた。わたしたちは二人で、盗んだびわを頬ばっている。わたしたちは二人で、それぞれに傘をさして歩いている。第四のルートを。

「ねえ、いままでいちばん美味しかった食べ物って、なに?」とわたしは訊いた。

「えぇと」と弟。

「パッと思いついたのでいいよ」

「うなぎ。うなぎの、カバ焼き」

「ははっ」とわたしは笑った。予想外の回答だったし、でもなんだか幸福感にあふれていて。

「うなぎは淡水魚でしょ」と弟は言う。

「そうだね」とわたしは答える。

「しかし、淡水魚ではないです。産卵のために、海にクダります。日本のうなぎの産卵は南西太平洋のシンカイでおこなわれると考えられています」

「あ、それ、ニュースで――」

「はい。産卵場所の海底山脈は二〇〇六年の夏にほぼ突き止められました。そして、うなぎは腹びれのない魚です。カバ焼きにはビタミン類が豊富です。うなぎは最初、レプトケファルスです」

「レプトケファルス」とわたしは復唱する。

わたしたちの散策の第四のルートは小学校につづいている。その小学校は、弟の通っていたところではない。弟とは無関係だ。わたしは懸念はいだかずに、足を進める。

「レプトケファルスは小魚です。木の葉のような形をしています。うなぎやアナゴのいちばん最初の姿です。レプトケファルスは発見されたとき、新種の魚と考えられました。レプトケファルス属となりました。まちがいでした」

「まちがいだったんだ?」とわたし。弟の知識は、いつもためになる。

「そうなのです」と弟。

「レプトケファルスが、それで、つぎにうなぎの姿になるの?」

「つぎに、しらすうなぎにヘンタイします。これが体長十センチぐらい。このしらすうなぎを捕まえて、養殖はおこなわれます」

「そうか。しらすからね」

「天然のしらすうなぎを捕まえて、そだてます」

雨脚がふいに強まる。わたしたちは歩調をむしろゆっくりにして、やがて佇む。も

どうやったらプールでうなぎを養殖できるか?

ちろん二人そろって。二つの（花が開いているようなオレンジとホワイトの）傘で。小学校の敷地のかたわらだ。

「それは」とわたしは言う。でも、わたしはなにを言いたいんだろう？　なにを弟に訊きたいんだろう？　どんなふうに話をつづけたいの？

しかし問いがないのに、弟は答えた。

「それは淡水養殖でしょ」

ああ、そうだ、とわたしは思う。

そして金網ごしに小学校のプールが見える。雨を吸い込んでいるような、いっぱいの雨滴を〝ゴール〟として捕まえているようなプール。その水面の波紋が（一瞬もおなじ形にとどまらない）、ほんの何メートルか先に見える。

「ほら」とわたしは言う。

「プール」と弟は言う。

「淡水だね」とわたしは言う。

弟はなんだか思索する。考え込んでいるのが波動みたいにわかった。それから、口を開いた。

「ねえ、プールでうなぎ、養殖できる?」

「できるかもよ」とわたしは答えた。

「どうやったら?」

「方法?」

わたしの目は、弟は通わなかったけれどもわたし自身は通学していたそこの、校舎のシルエットを見る。あるいは校庭を。校庭の隅の、むしろ体育館の区画に属しているような焼却炉を。全部、雨に煙っている。

「うん、方法」と弟がしっかり尋ねる。

だから、わたしもしっかりと答える。

「魔術で」と。

だれが焼却炉をうごかしたのか？

彼はどうせ終わればいいと思っていたし、動揺はしていないつもりだった。もしかしたら動揺しているのかもしれない、と気づいたのは、料理の味がまるで感じられないと悟ってからだ。じゃあ、おれはいままで、なにを食ってたんだ？　トマト、ルッコラ、モッツァレラチーズ。色だけがあるのだとわかった。赤、緑、白。この皿に、三色があるのだと彼は感じた。食材の色彩、三種類だけが。

「まだ前菜なのに」と彼は言った。

「……なのに、なに？　メインまで待てばいいの？」

「え？」

独りごとを言ったつもりなのに、席のむこう側から反論されて、一瞬、唖然とした。

メイン？　メインがどうしたんだ？　おれはメインになにを注文した？

肉だろ。

豚の。

ここに色がある、と彼はそれだけを強烈に感受した。一つの皿を食べることはいろいろな色を口に入れることでもあるわけだ、と彼はふいに理解して、動揺した（ここで初めて自覚をもって動揺した）。すると手もとの皿がべつのもののイメージと重なった。プレートに似た響きの……。

パレット。

それだ、と彼は納得した。

絵具をしぼり出していた、それ。

チューブから絵具を。だからパレット。ああ、パレットなんてさ――と彼は思った――もう何年もさわってねぇな。だいたい、美術とか図工の時間用のパレット、いまも取ってあるのか？　どこかに仕舞って？

どうなんだろうな。

消えたような気がする。

みんな……消えるのか？

いや、一つはおれが消した、と彼は思い出す。おれが自覚して、しっかり自覚的に処分したんだ。わざわざ燃やして。だから、絵を。おれが描いた絵だ。おれが描いたおれの絵だ。自画像。うん。

「なあ」と彼は口を開いた。

「いいわよ、言って」と決然たる態度で彼女が応じた。「言い返したいんでしょ？」

「訊きたいんだけど」

「どうぞ」

「おまえ、転校生だったよな？　たしか小学生のとき。二回？」

「……それが？」

「転校生って、どうだろうな？」

意味わかんない、と返答する彼女の言葉を、しかし彼は聞いていない。自分がかつて絵具が好きだったことを思い返して、やや呆然としている。絵具が、色が。パレットも。そんなの、忘れてた。どうして忘れてた？　だって絵がうまかったわけじゃないしな……。ああ、いたな、クラスに。上手なやつ。名前は、名前は……オオミネ？

漢字、思い出せねぇや。

それで、自画像。

小学生にそんなもの描かせたのか、あの先生。

担任の。

アンドウ先生。

そう、こっちは思い出せる。安いに、ヒガシで、安東。

「ちゃんと描けよ、持田」って言われた。その安東先生から。

その頃、おれは色が好きで。

おれはその頃、絵具、大好きで。

で、自分が何色でできているのか、考えて。観察したんだ。ちゃんと塗りわけた。緑や、黄色や……。髪の毛は赤に、オレンジ。あれはグラデーションだったな。そうしたら「ふざけてる」って言われた。「おまえはなにも観察してない」って。

鏡をちゃんと見たのか？

どうしてほかの人たちとおんなじふうに、持田はできないんだ？

ほら、オオミネを見ろ。

毛の一本一本も、ていねいに描いて。

なのにおまえは。

「ぜんぜん意味、わかんないんだけど」と彼女は繰り返した。席のむこう側で。

「転校生がいいとか思ったこと、あるかなって考えて」

「それ、妬み？」

「いや」と彼は言う。

それでおれは自画像を燃やした、と彼は思う。放課後、わざわざ焼却炉に運んで。焼却炉に、突っ込んで。

焼却炉は体育館のそばにあったよな。それと、先生たちの駐車場の、あの区画の。二つの……二つのそば？ 待て、プールと体育館のあいだじゃなかったか？ おかしいな。配置が思い出せない。おれの記憶のなかで焼却炉の……焼却炉の位置が、ずれる。

だれがうごかしたんだ？

「記憶がずれるよ」と彼は言った。「六年間、転校できないでいたほうが、きっと」

あきらめたような顔つきで、彼女はみずからに供された料理の皿の食材を（それは四色だった。彼は色彩が四種類ある、あっちは、と無自覚に視認した）、フォークのさきで刺す。この別れ話の席で。

いかにして1+1=1は証明されたか？

画家はきちんとチケットを買う。入場チケットを購入する。そこまではオーケーだ。画家は釣り銭がでないように、その意味で「きちんと」チケットを買う。画家は確認する、自分は一万円札を四枚、千円札を七枚、百円玉を八枚、十円玉を三枚もっている、と。すると――4、7、8、3。それで？ 語呂合わせでもできるのか？ できない。支払いは千円札が一枚と百円玉が二枚、入り用にして、その結果、数字は4、6、6、3に変わる。紙幣と硬貨というエレメントから成る数字は。画家はその四つの中心にゾロ目がきたことが気になる。

6。

6。

そこまではオーケーだ。画家はもたつかない。そもそも目立たないようにと心がけて、だからこそ釣り銭がでないよう配慮した。チケット売り場の人間にも、顔を憶えられたいとは思わない。画家はそれから、市立の美術館に入る。そこまではオーケーだ。帰郷したことだってオーケーだ、と画家は確認した。企画展はなかなか凝っている。力も入っていれば金もかかっている。しかし画家は作品を観ない。鑑賞という文脈では目に入れていない（に等しい）。他人の作品を観たいとは思わない。なのに美術館にきて……歩いている。歩いているというより、足音を聞いている。

シャッ。

シャッ。

ほら、床が音を立てている、と画家は確認する。ふつうに歩いているはずなのに、どうしても〝足音〟は目立って、それは床に創作されるんだ。床がトラップをかけて、鑑賞者の残像を、サウンドで残すんだ。それが画廊や美術館の、恐怖だ。ぼくが最初にその事実に気づいたのは、ここで——だ。何歳だった？

6。

6。

いかにして1＋1＝1は証明されたか？

まさか。六歳じゃ早熟すぎる。でも……九歳……十歳までには了解してた。音は沈黙の大きさによって、背後にともなわれる静寂の度合いによって、その存在の大きさを測られる。では、天才の登場のためには凡才は何人必要か？　画家は、多ければ多いほど、と即答する。そのための土壌はちゃんと用意されているんだよな、だって日本国内に画家は何人いる？　この地球上で美大生の数がいちばん多いのが、わが母国だ。きっと。美大とか美術専門学校の生徒とか。そういうのが。それ、全部、画家だ。日本には画家と詩人があふれているんだよな。地球でいちばん。たとえば俳句とか川柳とか、あれ、作ったら詩人だ。わが母国のすばらしきトラディショナルな定型詩。警察の標語だって、たいてい定型詩だ。あぶないよ・カーブに魔物が・隠れてる。そこそこ十七音。5、7、5。きっと警察署内で募集してるんだろうな。日本の刑事はほぼ全員、詩人だ。世界に誇れる。それから画家は、犬が吠えている、と気づく。犬？　ああ、サウンド・インスタレーションか……犬が吠えている。美術館内で、犬が吠える。画家は、わん、と思うが声には出さない。画家は、オーケーなんだよオーケーなんだよ、と思う。たとえば美大まで、そこまではうまくいっていた。大学院も。最初の個展も。なんだ、完璧じゃないか？　それで？　デフォルトで神童だったぼくは、それで？　絵が一万円で売れて、五万円で売れて、立体作品が売れて、それで？　4、6、6、3。いや。5、7、5。なにもない。この二年。二年……模倣しかない。ここにも凡才は用意されている？　日帰りで・故郷に戻る・凡々才。じゃあ引き算しよう。前者から後者を――4、0、8、8。うん。ゾロ目はあるし、ゼロもある。

ゼロ。

ほら。

犬が吠える。それから画家は、はじめて展示作品を視界に入れる。はじめて鑑賞という文脈で。飾られている絵がある。人物像がある。等身大の。だいたい等身大だ、と画家は思う。なにと等身大かといえば、ぼくと等身大だ、と画家は確認する。そこまではオーケーだ。だから画家は、作品のからだに自分のからだを重ねる。犬が吠える……まだ吠えている。だから画家は、額縁のむこう側に行こうとする。なにかに触れる。なにかを割る。するとサウンドがある。人体の存在の……鑑賞者の存在の、残像が。割る者、破壊する者、むしろ〝恐怖〟そのものと化す者。画家は自分のからだを1と数えて、正面に描かれているからだを1と数えて、その二つを足して、ただ1にする。犬が吠えている。警報が鳴り、だれかがこの証明の結果を2にしようと切り離す。そのことを画家は許さない。血が流れる。

4 4 4 4

いつごろ満員電車は出発するのか？

いきなり話しかけられた。あたしは心構えしていなかった。しているもんか！　そもそも間違った時間の間違った席にいたのだ、あたしは。だから、よろこびにひたっていた、まだ演奏もはじまってないのに。

だって、あたしはその公演のチケットを買えなかったんだし。

それで、一度はあきらめたんだし。

「時間どおりにスタートって、思います？」と隣りの席の女の子が言った。

あたしの知り合いじゃない。

「はい？」

「開演。思います？」

「えっ……」

だから、準備してないって！　いきなり質問されるなんて。あたしはしかたがないから、携帯電話で時間をたしかめる。なんだか、そんなそぶりで。間を持たせるってゆうか。

「ほら、七時が開演じゃないですか？」と女の子はつづける。「もう、残り十分切りましたよね？　でも、この武道館のずっと外まで、まだ人がいっぱいだったじゃないですか？　入り切れてないってゆうか」

「どうなんでしょう」とあたしは言った。

そう言うしかない。あたしに武道館の段取りなんて、わからない。はじめて来たんだし。それに、武道館だってことが、最悪だったんだし。

どうだろう？

それを最悪だって思うあたしが最悪かもしれないって、あたしはずっと思ってる。だいたい、はじめから不意打ちばかりだった。どうしてチケットが、即、完売しちゃうのか？　あたしが「瞬殺……」なんて言葉をつかうはめになったのは、どうしてか？　でも、どうしてあたしが買えないのか？　あたしはずっと聞いてきた。ずっとファンとして応援してきた。あたしこそが、この人たちをいちばん好きなんだって、そんな心構えで。心構え！

でもチケットは瞬殺。

状況が変わったから？

人気がでたから、むかしから聞いている人間がふり落とされるの？

やっぱりだ、とあたしは思った。あたしの愛情なんて、こんなだ。いつも。

「いい席」と女の子が言った。「見やすいし」

「そうかも」とあたし。

二階席で、でも、手すりの前だ。ステージがしっかり見下ろせる。

あたしの席もいい席だ。

愛情とチケットは等価ではない、と叩きこまれた発売日から、あたしは毎日——じっさいには日に二度——インターネットのオークション・サイトをあちこち飛びまわった。でも、値段的に手がでない。きっと転売目的で、いちばん最初に大量に瞬殺されたんだ。だから……武道館なんかでやるから！　オーディエンスの雰囲気だって、すっかり変わって。きっと変わったね、とあたしは思った。

でも、こうゆう考えかた、やっぱりファンとして最悪？

そもそもあたしは変わらないのか？

ぜんぜん変わってないの？

不意打ちの二番めは昨日だ。この席のチケットが出品されて。しかも定価で。あたし、落札できちゃって。しかも気持ちとして、ほとんど瞬殺みたいに、あっという間に。

そしてあたしはここにいる。

ここにいられる。

いさせてもらっている。

いい席かあ。

日本武道館はおかしな形をしている。やっぱり闘技場だから？　歴史の授業で習った五稜郭がもっと六とか七とか八稜郭になってるみたいな。あたしは東西南北の「東」の二階席にいて、「西」や「南」の二階席がはっきり見える。たしかに、空いている席がまだポツポツ、ある。

これ、全部埋まらないとはじまらないんだろうか？

どうなんだろう？

満席になると開演？

どうなんだろう？

それから、不意打ちの三つめみたいにさっき唐突にあたしに話しかけてきた女の子に、あたしはちらっと視線を送る。横目。まだまだ若い。たぶん、あたしより五歳は年下。そうか、とあたしは思う。きっと最近のファンだ、とあたしは思う。あたしはまた複雑な気分になる。でも、ファッションとか髪型的には、あたしを完全に裏切りはしない。ちゃんとむかしからのオーディエンスに通じるものがある。それに、メイクってゆうか顔の造作とあったメイクがよかった。あんまり下の世代すぎてチャラチャラはしていない。唇あたりがとても可愛い。

いい席って言ったんだっけ？

ほめられたわけだね。

うれしさも倍増だ。

「うん、やっぱりいい席です」とあたしは言った。

「でしょう？」とその子は言った。それから口調を少しカジュアルに変えて、「だよね？」とつづけた。

連れがいるみたいで、おかしい。

でも、電車だと話したりはしないのにな、とあたしは思った。たとえば指定席の電車でも、隣りの席のやつとかとは。電車？　あたしはどうして、そんなことを想像してるんだろう。そうか……空席と、満席か。そのことを観察したからか。

比喩で。

ライブ・コンサートが満席になったら開演するなら、電車も、満員になったら発車しちゃえばいいのに。

でも、満員……満員ってなに？　満席とちがうの？

ちがうね。

「そう、いい席なんだぁ」と女の子が言った。「あのね、その席のチケットをオークションに出したの、あたし」

「うそ？」とあたしもカジュアルに反応した。

「いろいろ、あって。席、空いちゃって」

「あ……そう」

そうとしか言えない。なんだろう、話したいのかな？　ちょっと気まずい。あたしはまた時間をたしかめる。あと二分。

「まだ入れてない人、いますね」とあたし。やっぱり会場内にはところどころ空席がポツポツ残っている。なにか、空いているってゆうよりも欠けているって感じ。ちがう比喩が頭に浮かんだ。この空席、この欠けてる感じ、教室。

教室？

一つの席だけ欠けていて。その机に、花が飾ってあって。

だれだっけ、死んだの？　そうだ、死んだんだ……あの学校で。

あたしは思い出した。

やっぱり忘れてない。あたしは変わってない。変わってない！

それから隣りの女の子が、あたしを見る。横目とかじゃなくて、じーっとあたしを見ているのが、わかる。あたしは教室のことを考えるのをやめて、やっぱり電車の比喩に戻る。もうはじまるの？　もう発車するの？　まだなの？

「まだかな」とあたしはその子に問う。年下の、その可愛い女の子に。

「もうちょっと」と女の子が答える。「きっとね」

「予想？」

「間違うかもしれないけど。間違ったら間違ったで、いいじゃん」

「うん、いいよ。そんなのは」

「この席に、いるはずもなかったじゃない？」

「そうだね。あたし――」

いきなり、なにかが込み上げる。また不意打ちだ。女の子があたしのそばに、顔を寄せてきた。耳もとに、そして言う。とても、とても温かい声音で。「ねえ、あんたって最高にあたしのタイプ」

会場の灯りが消える。

なに食べたって訊かれたらなに食べたって答えるつもり？

「えっと、名前。ユキシタだったよな？　雪の下。おれ、ホモセクシュアルについて考察したんだ。男と男と。どう惹かれて、どこをめざすのか？　めざすって、達成ってゆうか。一体化じゃないのかって思って。たとえばさ、男と女がノーマルだとして、それはやっぱり、一体化を達成するわけだろ？　だから凸と凹でさ、おたがいを埋めて一つになるってゆう」

男もそうじゃないの？

「うーん、その、精神的な気がするんだよ。相手になりたい、相手と同一化したいって感情が。だって、男が女と恋してさ、相手になりたいと思っても、なれないよ。そうじゃないかユキシタ？」

女にはなれないから？

「だから、男だと男になれるし。究極、相手そのものになれるんじゃないかって。もともと凸と凹があって、埋めあって一にするんじゃなくってさ、凸と凸ならそのまま重ねあわせて、ほら、一だろ？　ちゃんとシルエットがおんなじになって。おれ、だから、おれ」

じゃあ女と女はどう？

「凹と凹か。うん、それも重なるよ。重なるけど、ユキシタ、おまえは男だろ？　おれも男だし、だからホモセクシュアルの話をしてるんだよ。本質に目をむけさせたいってゆうか。相手になる恋ってどんなものかってゆうか」

怖い話、好きか？

怪談。

好きだろ？

ちょっと、してやるよ。

旅にでたことがあるんだよ。男同士でさ。島にわたるために船に乗ったんだよ。フエリーだった。おれたち、車で旅行してたから、その車のまま乗船したんだ。

運転席に乗ったまま。

おれは助手席にいたんだけどさ。

おれたちにはまだ違いがあったんだよ。

ホテルの朝食で、おれは魚はいっさい摂らなかったし、相手はヨーグルトを食べなかった。つまりおれはヨーグルトを食べたし、相手は、なんだったかな、鮭にしようか？　鮭を食べた。

まだ好みの違いがあったんだよ。

好みってゆうか、好き嫌い、とくに〝嫌い〟のほうの。

食べられないものは食べられないだろ？

アレルギーとかもあるしな。

でも、まあ、恋はすすんでたんだよ。

恋はさ、未知からはじまるんだろ？　相手を知らないで、知らないまま惹かれて。

当然、知りたいって思って。知らないことをゼロにしようとする。

そのために埋めるんだな。


なに食べたって訊かれたらなに食べたって答えるつもり？

いろんなこと訊いてさ。

違わないだろ？

相手の写真、見たりするだろ。子供のときの。

かわいい、なんて、いって。

じっさい、かわいい。

この子供は、子供のおれなんじゃないか、なんて。

だんだん思えるんだ。

しかし、生きてきた場所も、食べてきたものも違うんだよな。

それを、いま、いっしょにいて、とことん埋めて、いっしょにするんだ。

もう他人はいない。

そう、もう他人はいないって思えるぐらい、いっしょにさ。

で、フェリーだった。

船ってさ、密室なんだよ。出航すると、でられないだろ？

おまけに運転席にいて。

前後にちょっとだけ、ほかの車があるだけで。

乗っていたのは三十分も、ないな。
気がついたらさ、運転席におれがいたんだよ。
助手席にはだれもいないんだよ。
それで、おれ、思ったんだよ。おれはけさ、ホテルでなにを食べたっけ、って。
鮭？
なあ、おれが鮭を食べたんだっけ、ユキシタ？
でも、返事はなかった。おれがユキシタだったよ。
おれはだから、泣いたよ。

なに食べたって訊かれたらなに食べたって答えるつもり？

どうしてWWWMMM？

あたしたちはふりをする。空気が見えるふりをする。ぶつからないように回避するふりをする。でも空気は遍在していて、あたしたちは大いに対応に困る。それでもあたしたちは空気が見えるふりをして、ぶつからないように回避するふりをして、布をかぶって練習までする。あたしたちは籠のなかにいるわけではないのだ。あたしたちは動かなかったら死んでしまうのだ。あたしたちの一人が声をだす。もちろん声は空気を振動させる。音響はそんなふうにして生まれるんだから。つまり、声はつねに危険性をはらんでいる。振動する空気はもちろん、あたしたちに見える。ただし発せられた言葉がそのまま形になるのではない。むしろ波のようなものに変わって、それが空気語だ。振動の波。あたしたちの目にはWという字がしばしば見える。それからM。

ときにはWはつらなってWWWとなり、MもまたつらなってMMMとなる。あたしたちはそんな空気語が見えるふりをする。あたしたちは空気語の命令をきちんと理解できるふりもする。あたしたちは空気語の世界に生きる人間たちとなる。もちろん、そこには子供たちがいる。もちろん、空気語の学校もある。あたしたちの目に未来が見える。それよりも、しょっちゅう過去が見える。未来、過去。学校。それからあたしたちは空気語のない世界に所属しているふりをして、うめく。「安東先生?」

だれなら百本の歯に歯が立ったのか？

ア・ロング・タイム・アゴー。いいことをしないといけないんだぞ、と青年はずっと思っていた。いいことをしないと……。その思いは正しかったか？　これに対して青年はいまだ結論を出せていない。まず、正しいとはなんだ？　その証明のためには、正しさを否定するようなことが要るんじゃないのか？　それから、いいってなんだ？ いいことって？　しかし青年がこんなふうに問いはじめたのは、就職してからだ。それ以前は、違った。正しいからしたことが正しかったし、いいと思って（もしかしたら思い込んで）した行為は、全部、いい。

そうだろ？

ロング……ロング・アゴー。

それから青年は目を覚ます。どんな夢を見たのかは憶えていない。しかし……きっと、昔の？　どうなんだろう。いまの夢を見ればいいのに。夢の中でさっさと殺せばいいのに。夢が実現するのは願望なんだろ？　だったら、寝ているあいだだけでもスッキリさせてくれ！

ふいに、だから、ゾッとする。

集めた髪の毛のことを思い出して。小学校を卒業するまで、おれは何人分、集めた？　十……二、三人？　おれは〝終わり〟にした連中の、頭の毛をたばねて捕ったんだ。あれって戦利品だったから。センリヒン、っておれは呼んでた。

学級委員長をやってたのは小六まで。

生徒会で役職に就いたのは、中二まで。

なんか、みじめだな。副会長どまり？

いや、思い出すのはよそう。

青年はかつての正義について、ふり返る。「正しいこと」をしていない級友を、つねに、報告したこと。職員室や、他人の親や、たまにはじかに校長室に。証拠を添えて。確実なものを添えて、そして〝終わり〟にした。青年は、やっぱり善意しかおれにはなかった、と想い起こす。いいことをしないといけないから、いいことをしたんだぞ。それを裏切りとかって呼んだ連中は、もっと、もっと悪意に染まっているから、もっと確実に〝終わり〟にしたんだぞ。それをチクリとかって罵った連中は、おれはすぱっと〝終わり〟にしたんだぞ。

　クラスのため。

　学校のため。

　制裁もした。セイサイっておれは呼んでた。髪の毛をちょっと切って、「これを思い出して、反省しろ」って言って。

　毛なんて、生えるから。

　悪意はない。

　教育……教育はあった。

　だんだん、そうゆう戦利品を——センリヒン！——集めれば集めるほど、これで〝カツラ〟が作れるぐらい集められたら、おれはクラスを一〇〇%きれいにしたことになるんだ、って了解できて。それが……ア・ロング・タイム・アゴー。いま、あれ、どこにあるんだろう？　青年は眉間にしわを寄せて、考える。思い出そうとする。無駄だ。どこかで、記憶は切れた。たしか十五歳の時に。「どうしてそんなにクボタはいじめばっかり、するの？」と言われて。「四年生から暴走したでしょう？　校長先生にまで取り入って！」と言われて。

罵られて。

毛髪のことを考えるのはやめた。それから、歯を考えた。善をもたらす者の歯。その歯の数。青年の父親はつねに語っていた。自分には歯が四本、多い、と。いいことをしろ。正しいことを、しろ。逆らうな。

逆らうな！

一番でいろ。

先生に、マサヒコこそ一番、と言わせろ。

逆らうな！

善は善。正義は正義。洗面所で顔を洗ってから（青年の夢の記憶、その残滓は、ここで完全に拭きとられた）コンピュータを起動させてメールをチェックする。友人から一通。その文面にニュース・サイトのＵＲＬが貼ってある。クリックして、記事を読む。知っている人間が逮捕されている。かつて級友だった、大峰、が逮捕されている。青年は「オオミネ」と声に出してみる。小さな記事だ。しかし、二度読む。しかも二度めは熟読した。「オオミネ、おまえは破滅か」と言う。

けっこうライバルだったのに。

あいつ、神童だったのに。

おれは破滅できるか？

出社する。最悪なことに、親からの電話が入っていて、それを上司がとっていた。上司が、青年の親に呼び出されるような形で。おれが救急車で運ばれたことなんて、課長に言うな。青年は叫びそうになる。あのことは自分で処理したんだから、言うな。おれを心配するな、おれを！　しかし、事態は動いてしまっている。上司は上司。通話が終わって、いやな気配が青年のデスクにまで伝わる。密着したデスクから、デスクへ――へだたりは二メートル半しか、ない。

「クボタ」

「はい」と青年。

「おまえ」

「はい」

「このあいだの週末、病院に担ぎ込まれたって本当か？」

「いいえ、ただの飲み過ぎです。それで、いっしょにいたやつらが携帯――」

「本当か？」

「はい」

「急患で？」

「はい」

「報告してないな？」

「あの、日曜日の昼には、退院しまして。ただの急性アルコール中毒ですから、いっさい会社に迷惑は……」

「上の者の責任なんだよ」

「え……ええ」

「部下のな、そういう状態を把握するのは。責任なんだよ。『上のかたの責任なんですよね？』って、おまえの親に言われたぞ。いま、言われたぞ。なんだこれ？　救急車をつかった馬鹿が、そのためにおれに迷惑をかけて――」

　上司は上司。

「いつもだな？」

青年は答えない。

「いつもいつも、プライベートがどうだとか、こうだとか、ぬかして、なあクボタ？」

答えられない。

「全部、報告しろ。いつも報告しろ。おまえを管理してやるんだ。ありがたいと思え。酔っぱらったら酔っぱらったと言え、クボタ。病気になったら病気になったと言え、クボタ。それを、実家には連絡を入れて、こっちにはなしか？」

「あの、あれは、病院のほうから、土曜日の真夜中に、実家に電話が行ってしまって……不可避で……」

「反論か？」

殺したい、こいつを殺したい、と青年は思う。

殺せない。

大口を開けて、また、何かを言っている。おれを罵倒している、と青年は思う。まただ。何も聞こえない。何も聞こえないよ。歯だけが見える。あの歯、汚い歯。何本ある？　何本多い？　こんなに正しい上司なら、百本？　だから三十二本の永久歯に、いったい、何本多い？
引き算。
青年は引き算ができない。
明日なら会社に刃物を持ってきてやる、と思う。そして〝終わり〟を、と思う。
ア・ロング……ロング・タイム・アゴー。破滅にするぞ、でも、どっちを？
いいこと、悪いこと。

どこでアトムは記憶をなくしたか？

十歳で僕は死にました。お父さんとお兄さんが僕を作りました。僕の名前はアトムです。ただ、問題は、僕は十歳の前もまたロボットだったことです。ロボットであることが、僕が「死なない」ための条件でした。そのためのOSも僕は準備しました。そのOSの名前は、アトム・ゼロ。その頃、僕はただの生体で、エンジンは内臓器官、燃料は食物にすぎませんでした。

夏にはスイカを食べました。

僕はスイカの種を食べても、故障しなかった。

ただ、心は壊れます。

教室は戦場です。

しかも僕は戦闘用ロボットではありません。

僕はいつも十分間の休み時間を憎みました。昼休みには、逃げられたけれども。僕のOSには（その頃の僕のOSには）、そう、憎悪回路が組み込まれていたのです。

しかし僕が死んだのは、教室での——最前線での負傷が原因ではありません。

どうしたんだっけ？

何が原因だったんだっけ？

でも、僕は死にました。十歳です。アラビア数字だったら、1と0。ワン・ゼロ。

それからお父さんとお兄さんが僕を作りました。お母さんのために、ロボットとして転生させられたのです。僕は前の僕にそっくりです。ただし、僕はロボットでしかありません。そのボディは生体ではありません。もちろん毛髪や爪、そうした「収集可能」なものは、細胞組織でできていますが。そう、僕の髪の毛は、集められた髪の毛です。燃料はガソリンスタンドで補給できます。食事は不可です。名前は、変わりました。同じ名前をつかったら、お母さんの頭がヘンになるから、と言われて。

ですから昔の名前、英夫、は消えて、いまの僕はアトムです。

人間型ロボットの、日高アトム。

もちろん旧いＯＳからこの目下の名前は採られました。では、僕のいま現在のＯＳはアトム・ワンなのかといえば、違います。僕の（このロボットの、脳の）ＯＳはマッキントッシュです。残念ながらウィンドウズとの互換性はありません。お兄さんには、マッキントッシュを採用する以外にすべがなかったのです。お父さんには、配線以外の技能がなかったのです。

ねじがまわされました。

僕が完成したときです。

ただ、それだけでは本物の完成ではなかった。このとき、お父さんがお兄さんに言ったそうです。「あと一つ、必要なのは魔術だ」と。そしてお母さんの〝感情〟が要請されました。それも強い、強いものが。以前の僕の記憶が、まだ火葬にされていない僕から（亡骸の脳から）移されました。ＬＡＮケーブルをつないで。

そして僕は生まれました。

僕は記憶を反復します。

ゼロ歳から十歳まで。

僕は忘れません。忘れられません。

ある部分をのぞいて。

その部分って、なんだっけ?

どこだっけ?

ロボットはプールでは泳げません。ロボットは時計を必要としません。ロボットは電源を落とされたらアウトです。

そして僕はロボットです。

それで?

それで僕はどうなったの?

ここはどこ?

どっちの七面鳥がほんもの？

雨の写真をわたしは観察した。ここには雨がうつっているし、雨しかうつっていない。雨のうつっている風景――じゃないってこと。だって背景には焦点が合っていない。わたしが合わせなかった。

わたしはどうして写真を撮ってるんだろう？

なりゆきだ。

わたしはどうしてお金をもらって、写真を撮っているんだろう？

生活のためだ。でも、この写真はちがう。わたしは……わたしが雨を撮ろうとした。雨だけを。ボヤッとした背景の前に、落ちるものを。それは停まりそうで、停まらない。粒になりそうで、線になっている。しかしレンズは濡れた。

これが雨？

雨のことをこんなにも真剣に考えていたら（わたしはたいてい、真剣に考えるためにその対象を撮影してしまう）、わたしはというか、わたしの思いは七面鳥にたどりついた。雨のふる日に、七面鳥はその口を開けたまま空を見あげつづけて、溺れてしまうことがあるのだ。たぶん、「あ、雨だ！」ってびっくりして。あまりに驚いたから、口を閉じるのを忘れてしまって。

この話、本当だろうか？

雨と七面鳥。そうだ、わたしはこのエピソードを本で読んだんだった。それは料理の本だった、たしか。それじゃあ七面鳥料理の？

そこまでは思い出せない。

記憶は中途半端だ。

わたしの記憶だから？

それとも、だれの記憶だって、そうなの？

七面鳥について、正しい知識は、ある。一、メキシコのアステカ人も七面鳥を家禽として飼っていた。二、そして七面鳥という生物は一夫多妻制だ。

じゃあ、雨についての正しい知識――。

その水滴が直径で〇・五ミリ以上のものを、雨っていう、とわたしは聞いた。嘘、わたしは調べた。百科事典で。でも、どんな情報よりも、わたしが雨をうつしたこの一枚のほうが雨の〃真実〃にちかいはずだ。一枚の、印画紙に落としこまれた写真のほうが。

ここには雨がうつっているし、雨しかうつっていない。

これが雨?

こんなふうに考えることは、楽しい。

楽しいし、希望がある。

いつか、いろんなことがつかめる……みたいな。

だって、そこにないものは写真にはうつらない。だから、うつっているものはそこにある。心霊写真なんて嘘だ。

それから二つのことをわたしは考える。一つは、雨とわたし。もう一つは、またも雨と七面鳥。最初のにわたしの思いがたどりついたのは、当然だ。スノウというのが名前だったから。わたしの。つまり雪――雨と雪。

もちろん本名じゃない。

わたしの本名は、たいてい、ちゃんと発音されない。わたしは日本人じゃない。つまり、国籍はってことだけれど。そして、名前がふつうには発音できないから（わたしはできる。ほかの人たちができない）、いろんな問題が起きた。そうしたら、友だちが一人、わたしに名前をくれた。

自分の苗字を。

そこから、一文字、取って。

それが雪。そして、日本語でもないものに変えた。「スノウにしなよ」って。

わたしはスノウになった。

なったから、生きてる。これはなりゆき？　これはちがうと思う。だいいち、わたしはこの名前を大切にしたし。いってみれば乱用しなかったし。それから、職業的に写真を撮りはじめて、これこそが大事なんだってアーティスト名を……スノウにして。

会いたいからかな。

もしかしたら。

わたしに苗字を、一つ、分けてくれた男に。

男って、そのときは子供だったけど。ぜんぜん少年だったけど。わたしだって子供で。でも救われて。だから時どき、時どきって十年も二十年もつづいてる時どきだ、わたしは真剣に考えるし、そのために撮る。

撮って、考えて、なにかを温めている気がする。

温めれば孵るような、なにか。そう……卵みたいな。

ここでわたしの思いは、雨と七面鳥にむかう。ふたたび。七面鳥にむかうの。七面鳥はクリスマスに食べる肉だ。その卵は、でも、食べるの？　わたしは七面鳥の卵を見たことがない。もちろん撮ったこともない。それで、雨と七面鳥、雨とスノウと七面鳥。

わたしと七面鳥。

さあ、溺れるの、溺れないの？

どっち？

いつか撮るから、とわたしは決心した。ねえ、雪……雪の人。撮れば、それはある。ほんもののほうだけが。心霊写真なんてないんだよ。だからわたしたちは生きるんだよ。

イキルノ。

どんな太陽がフランスを支配したの？

男は台所にいて、女はソファにいた。男は刻んでいて、女は孕んでいた。

「ねえ、このCDかけるね！」

「このって、どの？」

「ラ……ラメー？」

「なんだよ、それ。綴り、言って」

「アール、エー、エム、イー……」

男は妻の唱えるアルファベットに合わせて、そのリズムに合わせて、一本のセロリをみじんに刻んでいった。

「……エー、ユー。ねえ、なんて読むの？」

「ラモー」

「あ、ラモーさんか」

「フランス人だよ。ジャン・ラモー」

「ジャン、ラモー」

「ほんとうは……フルネームなら……ジャン・フィリップ・ラモー」

たん、たん、たん。

たん、たん、たん。

男はリンゴを半分に割って、それから、皮をつけたまま、みじんに刻む。

たん。

たん、たん、たん。

女がソファで、フランスの後期バロック時代ならではの華やかで軽快なメロディを、やはり軽やかな鼻唄に変える。そして孕んでいるもののために歌う。夫と自分のためにCDを聴いて、歌は、まだ生まれていないもののために発せられる。

声帯の振動で、のどの振動で——体の内側へのバイブレーションで。

「あ、ねえ」

「なんか言ったか？」

「こんな鼻唄って、料理の邪魔ンなる？」

「ぜんぜん」

「よかった」

「あのさ、ニンニクって」

「なに？」

「刻みやすいな。もう終わったよ」

男はタマネギに移る。

一個のタマネギを、さっと洗い、皮をむき、刻みだす。

さきに——玉のまま——横に、また横にと包丁を入れておきながら。

「地球みたいだなあ」

「え、なに？」

「ひとりごと。緯度、刻んでるみたいだ」

「うわあ、タマネギだね」

「わかる？」

「すっごい、こっちにまで、涙がながれちゃう感じが伝わるよ」

「新鮮なんだよ」

女はうなずいた。

ソファで笑った。

そっと腹部を撫でた。

これ、ラモーさんだって、と言った。子供に。まだ生まれてはいない、孕まれているものに。

「フランスのクラシック音楽ってさ」

「訂正するけど、フランスのクラシックってゆうか、フランスのバロック音楽。時期的なことで言うと」

「それがラモーさんか。で、その時期のって全部、こんな雰囲気なの？」

「こんなって」

「うーん、幸福な……？」

「まずさ、太陽王がいてな」

「ルイなんとか？」

「ルイ十四世。そいつが死んでから、こうゆう雰囲気の音楽になった。反動で」

「もしかして、ルイ十五世から？」

「ルイ十五世の時代から」

「じゃあ、その前は」

タマネギはなかなか刻み切れない。

でも、時間をかけることは悪いことじゃないな、ぜんぜん、そうじゃないな、と男は思う。

たん、たん。

た、た、た、た、た。

そして妻の問い。

「ねえ、どんな太陽がフランスを支配したの？」

「重々しい太陽」

これが男の回答。

た、た、た。

た、た、た、た、た。

4 4 4 4

曲が変わった。

ラモーの鍵盤曲『雌鶏』に。
コ、コ、コ、コ、コ。
コ、コ、コ、コ、コ。
た、た、た、た、た。

鶏が鳴いている。男が刻んでいる。女がふわっと笑った。

「これ、もしかしたらさ！」

「鳥の鳴き声だよ」

「そうだよねぇ」

「鶏の」

「のんきだなぁ」

「刻みやすい」

「でさ、なに作ってくれてるの？　あたしに……あたしたちに」

それは、と言って、言葉を刻む。

四

起立、礼、着席。それじゃあ数字。

ほら、いやな顔をするな。

このあいだ言っただろ？　おまえたちだって大人になる。下手をしたら、馬鹿な大人になる。馬鹿な大人たちって、どんなか、わかるか？　たとえば、こんなことを言い出すんだ。「先生、算数がなんの役に立つの？　先生、数学がなんの役に立つの？　そんなものでメシが食えるの？　分数なんておぼえたって、社会人になってから一度も使わないよ。使ったことないよ。こんな勉強、無駄だよ」って。「無駄だったよ」って。

無駄なのはおまえだよって感じだよな。

いやぁ、口が悪いか。

先生はいま、社会人って言っただろ？

それがまぁ、大人の定義だ。

社会人っていうのは、お金を稼いでるんだ。

いいか？　お金は全部、数字だよ。なあ、数字がなかったら、お給料の……たとえば二十万円と、二円。そのちがいも消える。

二円で買えるものは、ないだろ？

二十万円だったら、どうだ？　コンビニに行って、なにをする？

なんでも、だろ。なんでも買える。

ほら、数だ。

そのために算数がある。算数の〝算〟っていうのはな、もともとはカゾエルって意味なんだ。昔はそうも読んだ漢字なんだ。だから算数が無駄だっていう社会人は、給料たった二円でいろ！

それでな。

それからな、問題はなんでも買えるようになるから数字が大事ってことじゃない。

もともと数字があるってことだ。どこにあるかっていうと、この世にあるってことだ。

いいか、いま何時だ？

そして、何時に登校した？

何時に下校する？

数がないと――つまり――授業だって終わらないぞ。時間は、数字だろ。おまえたちは下校できない。三時が来ないとな！　つまり、三が消えたら、おまえたちは……。そして、起立。そう、もう一回起立、そして礼、そして着席。いいか？　おまえたちが全員揃っているかどうかは、なにでわかる？　数だ。児童数だ。顔で憶えてるって言うのか？　しかしだれか一人が後ろをむいてたら、三人、四人が後ろむきに着席していたら、もうわからない。全員、出席しているのか？　それをわからせるのは、数字だろ。

ほら。

だからだ。

数がなかったら、おまえたちは帰れないし、放課後は来ないし、数がなかったら、おまえたちは消える。そして、このクラスから何人消えたのかもわからないんだ。

わからないんだぞ！

だから、まず、三からいけ。一人が——いいか、一人ずつが——三人のことを考えろ。それで四だ。それは先生とおまえたち一人の二より大きいし、しかも二で割り切れる。なのに三だ。これだけで、もう……このクラスは迷子にならない。だれも消えない。廊下は走らない。授業中は静粛に。

そう、おまえたちのその顔、輝いてるな？

なにが、こたつで、だれが、ママ？

女の子が言った。もしもわたしがお母さんになったら。むかしむかし、じゃない、未来未来。わたしはすてきな結婚をするでしょう。わたしは旦那さんの子供を妊娠するでしょう。わたしはママになる準備をするでしょう。わたしは産むでしょう。うわさによれば、それはほんとうに痛いでしょう。出産はおおかた悲鳴をともなうでしょう。しかし生まれた赤ちゃんも悲鳴をあげるでしょう。その悲鳴はオギャアでしょう。産声のあとに成長があるでしょう。かわいい子供はわたしの年齢を超えて、わたしよりも年長になって、中学生に、高校生に、もしかしたらそれ以上の大人になるでしょう。わたしはわたしよりも大人をこの世に生み出すために結局は痛い思いをしたのでしょう。わたしはわたしよりも大人になったわたしの子供にがっかりするでしょう。

わたしはその子供が社会人になったりもしかしたら就職できずにひきこもったりする前に、自分でひきこもるでしょう。わたしはママだから、ちゃんとした主婦だから、まずはリビングを拠点にするでしょう。小さいほうがいいから、わたしはこたつを出すでしょう。ああ、わたしはこたつのなかで暮らしはじめるでしょう。それからわたしは言うでしょう。ああ、猫が飼いたいな。でも、どこで？

ここで。

そう答えたのは小さな女の子だった。

なんびき地獄の番猫はいますか？

はい、録音します。

「あ……あ……入ってる？　入ってるか。あのさ、クルマの話、するわ。おれのクルマの話。原田はぜんぜんクルマには興味ないんだろ？

女子ってそうだよな。

ま、前置きはいいか。

……前置きも必要か。自己紹介、要るよな。第一に、おれは毛深いです。第二に、おれは猫を飼っています。正確に言うと、だからおれは猫を飼っています。猫も毛深いから。おれと同類だから。

ヒマラヤンって種類です。

ペルシャ猫とシャム猫をかけあわせたやつ。

猫の種類は説明して、大丈夫か？

そして第三に、おれはクルマを持っています。名前はケルベロス号です。もちろんこれは、ギリシア神話に登場する地獄の番犬のそれ、その名前からちょうだいしました。

しかし、ケルベロス号と名づけたことで、このクルマの運命は変わった。

その前に。

当然のことながら、クルマに乗るのはおれだけではなかった。なにしろヒマラヤンをおれは飼っているんだから、その猫も乗った。この猫は、デブです。かなり太っている。そいつが助手席で、こう、見張る。

フロントガラス越しにね。

前方を。

地獄の番猫だ。ってことは、この世が地獄だって結論になるけど。まあ、哲学は回避して。おれがクッションを三つ積んで、ヒマラヤン用の席を用意してね。外がガラス越しに見えるように。高さ、考えて。

つまりケルベロス号には……、

一、運転席におれ、

二、助手席に猫、品種はヒマラヤン、

……がいたわけ。

そして、三、ケルベロス号があったわけ。

おれたちを乗せて。平穏な日々だった。毛深い人間と毛深い猫、それも地獄の番猫が、毎晩、街を駆けたよ。パトロールだ。おれはこの街にうまれて、この街で育って、この街を二年だけ出て、また戻ってきた。その街の自警団が、おれと猫だった。

団、でいいのか？

ケルベロス号がたった一台だけで、チームか？

いや、話を戻す。原田さぁ、おれが脱線したからって、そんな目で見るなよ。こういうの、癖じゃん。おれ、変わってないでしょ？　十歳からこうだった気がするよ。

さあ、本筋。問題はその三のケルベロス号だった。ケルベロス号がケルベロス号とおれに名づけられていることだった。

おれはあるとき、『ケルベロスとは、地獄の番犬でありながら恐ろしい怪物で、頭は三つ、尻尾は――なんと――蛇！』と知りました。

改造された動物だ。

うわあ。

だとしたら。

名前負けするというか、名前負けさせてはなりません。おれは、改造をはじめました。原田はクルマには興味がないはずだから、ディテールは省略。最初の車体をAとします。そこからいろいろとパーツの交換があります。わかりやすいところでは、タイヤを替える。バンパーを替える。じつはドアまで替えました。このあたりから解体がはじまります。車内でもパーツが交換されます。シートベルトって単位じゃなくって、シートごと。ずばりリアシートだけBって車種のものになって。それから運転席も助手席も、Bのになります。うちの地獄の番猫、でぶのヒマラヤンもいまではB仕様の助手席にいます。ついにはおれは、搭載するエンジンまでBのに替えます。さあ、怪物だ。この特別仕様車は。途中でCのパーツも入れて、Dのも値段がチープだからって理由で投入した。つまりうちのケルベロス号は、『Aでありながら恐ろしい怪物で、車体がBとCからも持ってこられていて、バッテリーとワイパーとドア・ミラーは――なんと――D！』となりました。

改造された機械だ。

うわあ。

なのに、ケルベロス号はケルベロス号のままで……、

一、運転してるのはミスター多毛、つまりおれで、

二、地獄の番猫をしているのはミスター脂肪猫、つまりヒマラヤンで、

……同じ構成員というわけです。

しかし、三、ケルベロス号はケルベロス号なのだろうか？　おれは十年間かけて、クルマを改造して、搭載エンジンだって何度も替えて、とうとう一週間前に気づいた。あのパーツはDので、このパーツもDのです。もちろん機関部は全部Dので、っていうか、このクルマはDだ。車体の……ボンネットもフェンダーもバンパーも、いまはDので。

Aの部品は一つもない。

それどころかBのもCのも、瞬間的に混ざったEやFのも。

Dの部品だけで成立している。

つまり、単純に、Dだ。

だから——そう。

Aは完全にDに生まれ変わっていました。つまりAはどこにもいない。それでもケルベロス号はケルベロス号と、言えるのか？　そして、言えないとしたら、地獄の番猫はなんびき、いますか？

あ。

これって哲学かな……。

ところでさ、原田。おれはおまえに二者択一問題を出したい。ギリシア神話っぽい泉から女神が出てきて、『おまえが落としたのはこの毛深いイケメンか、それとも、この全身の毛の手入れがゆきとどいた凡人の男か』って問われたら、答えは」

ごめん、録音終了です。

いつまでファッキン二十一世紀？

……録音します。

「恋愛を成功させる方法は一つしかありません。わたしはそれを知っています。絶対確実。百発百中。つまり恋愛ミッションの本命。わたしはこの街に住んでいますが、わたしはこの街を、十二区からなる『区制』にしました。変えることにしました。もう、なんとか町何丁目なんて、いいの！　なんとか町、北、何番地とか、南、何号とか、なしなの！　この十二区は、ずばり、十二星座区です。ようするに……いいですか、山羊区、水瓶区、魚区、牡羊区、牡牛区、双子区、蟹区、獅子区、乙女区、天秤区、蠍区、射手区。そしてあらゆる本日の星占いの、それは雑誌でもテレビでもインターネットでもいいから、星占いの、恋愛運のところを見ます。いちばん恋愛運のパワフルな星座が、本日、わたしが赴かなければならない地域です。たとえば……愛でいっぱいの天秤区！　あたらしい出会いがあるかもの蟹区！　むかしの関係が復活しますの乙女区！　ああ、なんて素晴らしい『区制』だろう。なんて……なんて、歩いているだけで幸福が降るような街なんだろう。わたしは、だから決めたんです。区分というのは自分で作ろうって。土地に関してだけじゃありません。時間も。そう、時間もです。いつまでファッキン二十一世紀？　わたしたちはあの頃、二十一世紀じゃない時代の子供たちで、街は……街だって自由自在に変形して。それをとり戻します。とり戻すの。だから手はじめに、恋愛。百発百中で絶対確実なプランニングの。ねえ、三田君？」

交替録音、終了。

いくつのハードルを乗り越えてバビロニアが再建されたかを指折り数えているうちに一生が終わったらどうする？

空中を鱒たちが泳いでいる。そんな光景が現実のはずはない。スミはそこで目を覚ます。気持ちがわるい。まるで車酔いだ。いや、じっさいに車酔いだ。タクシーに乗っている自分をスミは発見する。スミは自分の苗字が角であって、その一文字でスミと読むのだと想い起こす。想い起こす？　もしかしたら車酔いはしていない、とスミは悟る。ただ酔っている、と理解する。アルコールに酔っているのだ、しかも深く。スミは記憶を逆回転させて、時間を巻きもどす。すると、空中を鱒たちが泳いでいる。食べられる鱒だ。

両側にいる。

左に二列、右に三列。

スミも泳いでいる。

つぎの瞬間、スミは泳いでいない。

跳ぶ準備をする。跳躍の。それからバビロニアの町々が倒れる。

夢だ。

それから、タクシーの後部座席がある。路肩で挙手をして、拾って、乗ったのだ。

その前に、スミは泥酔している。打ち上げの宴会があったのだ。宴会の、三次会が。

その前に二次会。そして一次会。そしてビジネスの場面があり、今日の勝利がある。

プレゼンはもらった。仕事を獲得したのはスミだ。そうか、とスミは思う。やっと完全に理解する。美酒ってやつに酔わされて、と思う。気持ちがわるい。タクシーを降りないとと思う。窓の外には鱒たちも鮭たちも泳いでいない。ただ夜の街並みがある。むしろ黒い静謐がただよっている。ガラス窓は閉め切られているのに、外も静かだとわかる。気持ちがわるい。こんどは車酔いが来そうだとスミは予感する。こんどこそ？


いくつのハードルを乗り越えてバビロニアが再建されたかを指折り数えているうちに一生が終わったらどうする？

「ここで停めてよ」と言う。

むしろ急停止させる。料金を払う。深夜の割増運賃。ダッシュボードに嵌め込まれたナビを見て、時刻を知る。04：56AM。ゼロで……4、5、6。ある種の勢いをつけてスミは降車し、領収書をもらい忘れていることに気づき、すでに発進してしまったタクシーの尾灯を追いかけるが、追いつけない。もちろん。人間にはエンジンがついていない。スミは、自腹だ、と思う。領収書がないから、自腹だ、これが勝利者かよ、ひと晩もたない？

足を停める。

鮭も、鯖も、なにも宙にはいない。

泳ぎたい。スミは泳ぎたい。

夢？

そして……さっきの夢の、バビロニアって？

古代文明だ。映画のシーンみたいだったな。スローモーションで煉瓦の建物がいっぱい、順に崩れたりして。そうだ、文明が終わる。絶対に文明は終わる。世紀末……

懐かしいな。いつの？

二十世紀末？

あの世紀の子供たちって、どこに？

スミは大通りから離れている。路地裏に入っている。どういう道を選んでいるのか自分でもわからない。ルートは複数ある。ある、という気がする。だれかの散策のルートかもしれない。だれか？　それから小学校の敷地が現われる。歩いているスミの、左手に。敷地は金網で囲われている。

ああ、そうか。

こんなところに、タクシーの途中停車で。途中下車？

スミは記憶の逆回転を、つづける。スミの時間は——スミ自身の意思で——巻きもどされる。不意討ちのような泥酔と、夢から、いまは覚悟をもって。入社前。成人。高校の卒業式。入学式。中学の卒業式。入学式。

小学の……。

6。

5。

4。

いくつのハードルを乗り越えてバビロニアが再建されたかを指折り数えているうちに一生が終わったらどうする？

さっきのカウントの逆だ。逆回転だ。いまは何時だ？

もちろん金網は越えられる。跳躍すれば、しがみついて、乗り越えれば。一つめのハードル。それから植え込みがあり、それが二つめのハードル。またカウントだ。スミはきちんと右手の指を折って、数える。そしてグラウンドに出る。視界の、左手から正面にかけて校舎のシルエット。夜明け前でも、わかる。ある、とわかる。いる、とスミにはわかる。それからプール、体育館、その体育館に付属しているような焼却炉。スミは歩いている。歩き出している。グラウンドの片隅。

「これ、砂場か？」

だれが聞いているわけでもないのに、問う。

「なんのために？　走り幅跳び？　そうゆうの、やったか？　障害物競走用とか？　だから――ハードル？」

だれも答えない。

スミはしゃがみ込む。その砂場に。記憶は逆回転しつづけている。もはや自律だ。その記憶の運動は。逆向きの〝それ〟は。小四になってグラウンドに来て、こんどは3、2、1。しかしゼロはない。低学年よりも下、小学校にゼロ学年はないぞ。スミは砂をいじり、まずは掻きあつめ、山として、掘り、部分的に崩し、また部分的に積み、造りはじめる。ほとんど無意識にはじめている。砂の建造物だ。ミニチュアの校舎？　いや、とスミは思う。これは文明だ。バビロニアの再建だ。

小学校以前にも自分はいました、とスミは思う。

だれに告げているの？　とスミは告げる。

幼稚園児の自分がいました、とスミは思う。

だれに告げているの？　とスミは思う。

手が、しっかりと砂を握り、持ちあげ、さわさわと梳るように整え、圧し、削る。文明は再建されようとしている。小学校のグラウンドの砂漠に。スミは保育園児になり、母乳を吸う。バビロニアの十全なる再建までには、まだハードルがあった。しかし、スミはそれらも続々乗り越える。「問題は」とスミは思う（しかも声に出す）。「母乳よりも前だ。生まれる瞬間になって、一生が終わったら……どうする？」

すでに午前七時がちかい。そして、曙光とそのつぎの段階の日の光がたっぷりとグラウンドに、その小学校の敷地じゅうに降りそそいでいる。事のなりゆきが漸進的だったためにスミは気づいていない。指さきの作業にあまりに集中していて、気づいて

いくつのハードルを乗り越えてバビロニアが再建されたかを指折り数えているうちに一生が終わったらどうする？

いない。おまけに時間は巻きもどっているのだ。しかし、だれかが現われてスミに声をかける。児童だ。それも低学年の。せいぜい小二——。たぶん、学校でいちばんに登校した男児だ。

「なにをつくってるの?」と訊かれる。

「おまえもいつか四年生になるぞ」と答える。

これは告知だ、とスミは思う。

どのあたりが犬の視線か？

この話を聞いた人間はいない。彼女は毎日身長が変わったそうだ。それは二十一歳の誕生日とともにはじまったそうだ。毎日、目覚める瞬間まで「何センチ」になっているか、わからなかったそうだ。ただし一一一センチより小さかった例はないそうだ。最大で一八二センチだったそうだ。この現象には精神的なにごとか、たとえば傷が関与しているのだろうか？　わたしたちは以前、年齢とともに身長をのばしていた。すなわち年齢と身長はほぼ比例していて、それが十代のある時点までつづいたのだ。その時点をすぎるや、年齢だけはさきに進んで、身長はその場から一歩も動かなくなった。この事実を彼女は重く受けとめすぎたのだろうか？　朝、一五三センチのとき、彼女は中学時代の自分を感じるが、一三〇センチだと小学時代のそれも半ばに戻ってしまうし、土曜日の朝に身長一七八センチだったりすると仮想の二十八歳・ビジネスウーマンを生きているような気になったそうだ。しかし本当は、彼女は犬になりたかった。X歳の自分よりも、すなわち（たいていは）過去に戻る自分よりも、大型犬の視線の高さや、中型犬のそれに。しかし、なかなか体高一一一センチ以上の犬はいない。だとしたら、何センチになって目覚めたらよかったのか？　彼女はいまは身長が変わらない。そして起床のたびに絶望している。この話を聞いた人間はいないのだから、あなたはこの話を聞いていていない。

どれが冬眠の贈りものですか？

ファンタは立ちあがる。

ファンタは日付を知らない。

日付？

ファンタは何日がすぎたのかを知らない。

漠然と思っていることはある。何日か、なんてわけ、ないだろ。何十日か、でもないだろ。何百日か……千日か？

ファンタは吐きそうになる。

吐かない。

ドアがある。

開ける。
階段がある。
脚がこわばっている。
転ぶなよ。
だから、転倒するなよ、おれ。
ファンタは、一段、一段、真剣におりる。一段をおりるためには、右足をおろして、
それから左足をおろさないとならない。結局、二段だ。
じゃあ、階段って、何段あるんだ？
ファンタは思う。
そもそも、家の階段の数を、おれはおぼえていたのか？
ファンタは思う。
普通のやつは、おぼえているのか？
ファンタは思う。
普通って？
ほら、十四段め。

だから、二十八段め。

それに、足す二——つまり——足す四。ああ、どうして足は二本、あるんだ？　いや、一本だったら大変だよ。それは、わかる。でも、どうして三本じゃだめなんだ？

あとは、目とか。

どうして二個なんだ？

三つ目じゃ、だめか？

ファンタは思う。これって進化論だ。

ファンタは思う。三本足だと「いただけない」し、三つ目は「よろしくない」ってことだったんだ。きっと走りづらかったり……きっと獲物を見つけづらかったり……？

原始人か。

ファンタは思う。おれも冬眠してたから、原始人にちかいか。

ドアがある。こんどは玄関の、それが。

開けるまえに、靴を履く。

靴のサイズは、ぴったりだ。驚いた。おれはちぢみもしなければ、膨らみもしなかった……？

こんなに、冬眠して。

冬眠したのに。

何百日か……千日か？

ファンタは外にでる。

もちろん人はいる。もちろん通行人たちはいる。犬の臭いもする。散歩の痕跡だ。

しかし、いま、犬はいない。

世界の地理は変わっている。近所でも。だって、消えている建物がある。知らないマンションが建っている。ファンタの近所なのに。

それから工事中の。

それから空き地。

そして、高架下。

ここは変わっていないな、とファンタは思う。

犬のシッコの臭いも、変わってないな。

駐輪場がある。

駐輪場は、戦場に見える。旧式の高射砲を立てかけているみたいに見える。そんなふうにしかファンタには見えない。

高架下から、でる。

角にコンビニがある。

そこの店員が、ファンタは好きだった。髪がすこし黄色い女の子が。

ドアがある。

開けないのに開いた。自動ドア。

……自動ドア？

ファンタはコンビニに入る。店員は三人いる。全員、知らない。代わっている。アルバイトなんて、当然代わるだろ。ファンタは、そう思う。ファンタは、決然とそう思う。ファンタは、清涼飲料水の売り場にいって、そこにある……そこにもあるドアを、開ける。冬眠から覚めて、最初の〝餌〟を、とる。

そしてレジへ。

おれをファンタって名前にしたの、だれだった？

だれか一人が、したんだっけか？　それとも、クラスの雰囲気だったか？　おれ……ファン太。いい名前だ。

いい時代だった。

そしてファンタはそのレジで、たぶん韓国系のだと思われる姓のネームプレートを胸につけた見知らぬ店員に、たずねる。

「ヨシザキさんって、いまも、います？　消えないで」

4　4　4　4

いかに神はバビロニアを救い給うか？

みんな。

正直に書きます。タイムカプセルはもうありません。このメッセージを発見して、全員、激怒するんだと思います。「おまえが犯人だ」って非難するんでしょう。でも、しかたがないとは思いませんか？　そのタイムカプセルに全部が入っていなかったら、それは開けてはだめなんだって思いませんか？

いいですか。

わたしはタイムカプセルに図鑑の一ページを入れました。先生に世界の歴史について教わって、メソポタミアについて聞いたからです。メソポタミア、そしてハンムラビ王。あの「目には目を歯には歯を」です。あれは流行語になりました。

おぼえてる?

みんな、おぼえてますか?

忘れたでしょう。そんな流行は忘れてしまったでしょう。忘れるはずだとわたしは予感したのです。だからわたしは罪を犯しました。わたしは図書室の本から、その図鑑から、一ページやぶいたのです。

モノクロ図版の載ったページを。

石碑の写真です。その石碑に、楔形文字がびっしり、あります。

つまり、それがハンムラビ法典です。一メートル八〇センチあまりの石碑がそのまま、本なのです。それは図鑑という本に掲載されている本の図版なのです。その石碑はバビロニアの古代都市に建っていたのに——その都市の名前は忘れました、やっぱり忘れた——いまはフランスの、パリの、ルーブル美術館にあります。

発掘されたものとして。

タイムカプセルとして。

ほとんど四〇〇〇年とかのタイムカプセルとして。

わたしは、だから、タイムカプセルにそのタイムカプセルを入れたのです。そのタイムカプセルの図版の〝ページ〟を。罪まで犯して。

ただね。

掘りおこしてはいけないタイムカプセルも、あるよね。

時間をよみがえらせるなら完全じゃないと、いけないよね。

いいですか？　日高英夫君は死んだんです。始業式にはクラスにいて、終業式にはいなかった。日高英夫君の机には最後まで――その終業式まで――花瓶があった。その花を飾る係って、だれだったか、おぼえていますか？

みんな、おぼえていますか？

欠けている時間を開けては、だめです。

バビロニアですら滅亡しました。それでも石碑は残ったの。発掘されたの。目には目を歯には歯をタイムのカプセルにはやっぱりタイムのカプセルを。だとしても。わたしが犯人で、最初から窃盗犯で、そして時間をフリーズさせる側にいます。

これも愛です。

そして、わたしが犯人だって、二十年後のみんなもおぼえていますか？

みんな。

ぜんたい何メートルまで髪の毛は伸びるか？

一万人新聞　夕刊エクストラ

「山岸亜弥さん、宇宙人に　目下逃走中」

日頃から身長が毎朝変わるのではないかと悩んでいた山岸亜弥さん（24）だが、先週、いきなり宇宙人になってしまった。山形県＊＊市の＊＊温泉での入浴後、軽いめまいと皮膚の刺激をおぼえて鏡で確認したところ、両目が「卵型」にメタモルフォーゼする途中で、全身が銀色にきらめきはじめていた。しかも髪の色は脱色した茶から燦然たるオレンジになりだしたという。

「まるで予想していませんでした」と亜弥さんは語っている。

コメントはテープに収められて、編集室に届けられた。

「宇宙的基準に照らしたら、美人です。しかし、あたしは美人になりたかったのか？　自問しても、答えは出ません。あたしは案外いまの自分を気に入っていたのだなと、それを思い知らされる出来事というか、事件でした。もちろん、あたしたちが『いつまでも』あたしたちの容姿でいることはできません。成長というのがそうだし、老化というのが、そうでしょう？　ヨッチャンはあの頃あんなに美少女だったのに、二十歳すぎたら凡庸でしょう？　それでは、あたしはあたしを取り戻しに行きます」

この後の足取りを本紙の記者たちは追った。驚くべき事実は、市内数軒の美容整形外科における聞き込み調査で判明した。亜弥さんは宇宙人的な一重まぶたを二重に変えて、超太陽系的な鼻の高さを地球的標準に削り、鼻さきの形は関西風にととのえ、さらに「卵型」の両目を念入りにジャパニーズ・スタイルに戻していた。

これをわずか五日間、複数の整形外科医をわたり歩いて行なったのである。

昨日、新たなコメントのテープが編集室に届けられた。

「さまざまな手は尽くしたのですが」――彼女は本紙の記者たちによる調査には気づ

いていない。そのために〝手段〟が整形手術であることは語らないでいる――「意外に宇宙人らしさは、表層とは違うところにあるようです。先日、ホテルのラウンジ・バーで、知らない中年男性から『きみ、カニ星雲的にきれいだね』と声をかけられました。あたしが『はあ?』と答えると、カニ星雲とは銀河系内の天体で、略号はM1またはNGC1952なんだよと解説されました。いったい、その蘊蓄がなんだというのでしょう! マッタク! いずれにしても目下、あたしは逃げる以外にないようです。じゃないと、変なコンタクトをされます」

じつは今朝、編集室には亜弥さんと思われる人物からの電話がかかってきた。宇宙的な〝美〟のうち、オレンジ色の髪の毛だけはお気に入りで、さほど遁走の邪魔にもならない、ギャルっぽいだけだから、とのこと。しかし、時速二センチでは伸びている気がする、とのこと。記者たちの計算によれば、すなわち二日と二時間でおおよそ一メートルに成長している(はずだ)。断髪は亜弥さんの好むところではない。すると、なにが起こるのか? 我々は息をつめて待っている。

【文化部　柳本現】

どっちの五叉路？　え、十叉路？

あたしたちは待ち合わせをする。深夜。ばっちり夜中の三時。あたしたちは魔女だ。あるいは、あたしたちは魔女たちに目撃されるような存在だ。魔女にしか見ることのできない真夜中のハイカイ者って、なに？

「場所、わかった？」

「わかんないよー。終電出ちゃってるし。それ、駅と駅のまるっきり中間でしょ？」

「あのさ、お地蔵」

「え、地蔵？」

「そう、なんとか塚があるの。なんだったかなー」

「なんとか塚って、なに？」

「だからー」

「なんだったかなー」

「馬じゃない？」

「え、馬？」

　庚申塚の話だった。それから馬頭観音の。でも、そんなのを目印にするなんて、怪談すぎる。肝試しみたい。あたしたちは魔女だ、やっぱり。あるいは、あたしたちは魔女に試されてる存在？　だとしたら魔女候補？

「青ざめる話、ある？」と一人めが訊いている。

「あるよー」と二人めが答えている。

「うそ」と三人め。

「ほんと」と四人め。

「こないだキャッシュカード落として」と二人めが答えている。

「ちがうの」と一人めが説明をはじめる。「現実的なのじゃないの。ほら、ホラーの」

「ああ、怪談」と五人め。

　あたしたちはつぎつぎ語る。五人めがいたら六人めがいてもいい。ただし、あたしたちには条件がある。この〝あたしたち〟の一員になるために、なれるためには、ほとんど先天的な条件が。要る。たとえば共通の話題。


「むかしさ」

「え、むかし……むかしむかし？」

「そう。学級新聞にさ」

「きょうは何人？」と割り込みの質問。

「あったねー、学級新聞」

「五人は超えてるね」と割り込みに回答。

「だれか今日、生理？」

「あたし」

「あたしも」

「微妙に、あたしも？」

「多いねー」

「で、場所わかった？」

「ちょっと待って。学級新聞が、どうしたの？」

「怪談特集、あったの、憶えとらん？」

「微妙に、憶えとるー」

「ああ、夏休み記念！」

「あれでしょ、柳本君のやってた学級新聞のことだよね」

「うん、四年の」

「そう、だから」

「四年四組の」

「あ、わかってきたー」

「え？」

「場所」

「ちかづいた？　あのね、五叉路だよ」

あたしたちは瞬間、黙る。いっせいに黙る。どうしてだろう？　あたしたちは考えている。五叉路？　五？　それから、数字？　あたしたちは同時に、疑問やらイメージやらに捕らわれている。その集合性がきわめて魔女的だ。

「思い出した」

「思い出したね」

「思い出したぞ」

「思い出しました」

「学級新聞の名前。あれ――」

「あれ、ヨーヨーヨーヨーだったね」

「そう、挨拶の、ヨーヨー！　ヨーヨー！　で」

「そして数字の――」

「そう、四年四組から採った――」

「ハッピーな挨拶で数字の、『四四四四』で――」

「あたしたちの学級新聞・『四四四四』！」

それからあたしたちは、言う。あたしたちは確認しあう。

だれがそれを読んでいたのか？

だれがそれをいまも保管しているのか？

編集委員の柳本君はどうしているのか？

あたしたちの四組に、何人いたのか？

だれが、何人？

「いや、先生も読んでたよ」

「親も読んでました」

「職員室に、貼られてなかったっけ？」

「保健室には配られてたよね？」

「じゃあ」

「児童数は」

「ううん」

「いまは児童じゃない」

「いまは？」

「ねえ、どっちの五叉路？」と十一人めが言う。

十一人め？

「それとも……え？　十叉路？」

「しー」

4 4 4 4

で、いま何時？

離陸します。

オウギはその瞬間を感じる。シートベルトは着用している。窓際の席は空いていませんとチェックイン・カウンターで言われたから、通路側の席に座っている。あたしは何度、トイレに立つのか？　さあ。斜めになる。離陸と上昇のために斜めになるのは機体だが、結局、オウギが斜めになっている。窓の外を見ないと、ただ単に〝箱〟が傾いたようにしか思えない。あたしが詰められた〝箱〟？

時間は経過します。

ハワイにむかっている。州都ホノルルのあるオアフ島に。だから太平洋を西（ほとんど西のはしっこの日本）から東に飛んでいる。いつか日付変更線を越えるんだっけ？　そうすると、前の日になるんだっけ？　ちがうか、時間帯によってはならないんだっけ？　でも、飛べば飛ぶほど、一時間ずつ、時間は巻きもどるはず。だから、ほら、時差。その時差を生じさせながら、飛行機は飛ぶ。あたしは飛ぶ。

チキンにしますか、ビーフにしますか。

機内食を食べる。英語を話すときだけ、自分の名前には特別さがないのだと実感する。あたしはオウギで、ただ単に発音されるオウギだ。漢字で書いたら一文字だけの苗字で、けっこうスペシャルに目立つのに。だから扇って。あたし、扇千里って。オウギ・チサト。でも英語だと、ただ単にチサト、とか、オウギって発音されるだけ。そうだ、一文字の仲間がいたな。そうゆう苗字の人はあんまりいないけれど、小学校にはいた。クラスメートで。

時間は巻きもどります。

時差、時差、時差。そうだ、スミ君だった。もちろんスミ君。あたしは最初のクラスから好きで、でも、告白なんてしたことがなかった……。だって小学生は告白なんて「センないこと」って思ってるし。いまの子供たちはするのかな？　ただし中学生になったら、違うね。それで、スミ君だ。あたし、中二で再会して。あのスーパーマーケットで。スーパーマーケットみたいなとこに入っていた、テナントの、書店で？　あたし、声かけて。ほとんど勇気も要らなかった。突然だったから、運命みたいに——運命みたいに思えて、声だって出た。そうしたら、あーあ。

本機は定刻に到着します。

うん、オン・タイムに？　時間を巻きもどしながら一路東に飛んでるのに、オン・タイム？　それで、あれだ、スミ君だ。あたしにニコッて笑いかけて、でも戸惑ってて、笑ったのも反射的な感じので、それから言われたな。「だれ？」って。あーあ……。あれは絶望したね。なのに、すっかり忘れてたね、あの思い出。かなりキツかったからかあ。即、あたし泣いたよね？　どこでだっけ？　だから、あのスーパーマーケットの地下か、一階かの、食品売り場の……野菜？　ちがうか、鮮魚コーナー？

乱気流です。

ゆれるなあ。また時間、もどるなあ。思考はそこでフリーズする。客室乗務員に、気分がわるいのですか、と問われる。いいえ、とオウギは答える。しかし、とりあえずオウギはトイレに立ち、もどる。もどっても自分が飛行する〝箱〟のなかにいる状況が変わらないのだ、と痛烈に認識する。しかし、この〝箱〟は時間をどんどんマイナスにする。そして思い出す。そうだ、鮮魚コーナーだ。あたしは鱒を見ながら、泣いた。氷の上に並べられていた、ほかの魚といっしょの、でも鱒だけを見て。顔がヘンだったから？　鱒のあごの形って、なにか言いたげだったから？

時間は早送りはできません。

でも、とオウギは思う。あたしは涙ぼとぼと落としながら、スミ君、ねえって思ったんだ。あなたは鱒を見るでしょう。これは予言でしょうって。超ヘンなの。なんだろう。なんだろう、これ？　つまり、未来の宣告？　てゆうか、あのときの未来って、もしや現在？　また客室乗務員が来る、と通路側の席のオウギは目にとめる。そして、尋ねる。いま、どのあたりを飛んでいるのですか？　あたしたち、日本とオアフ島のあいだの、どこを？

で、いま何時？

四四

起立、礼、着席。それじゃあ定理。

おお、いま顔が輝いたな?

そうだ、今日は定理だ。テイリ、と復唱。それは理論じゃない。証明できるからな。リロンじゃない、ショウメイできます、と復唱。いいか? 算数の教科書をひらいたって、むだだぞ。いま、おれは大人の安東として話してるんだからな。担任のアンドウ先生じゃない、ただ一人の人間としての、そうだ——人生の先輩の。

さあ、四年四組だ。

このクラスだけの定理を、じゃあ、やるぞ。

おまえたちにはおまえたちの人数がある。

児童数だ。

しかし、四年四組の定理においては、おまえたちが何人いても、その合計は一に等しい。

つまり、おまえたちが十二人だけでも、答えは一クラス。

おまえたちが二十二人なら？

答えは一クラス。

「四年四組に属している児童1に、何人の児童を足しても、答えは――」と導きだされるのが……。

ん？

むずかしいか。

じゃあ、たとえば。

たとえば、だ。

三田、大峰、それと久保田、おまえたちを足したら、何クラスだ？

そう、1。

そこに原田を足したら？

4 4 4 4

そう、1。

そこにファンタ……じゃない、望月も足したら？

ほら、1。

だから「答えは――つねに＝1」だ。

おれは先週、職員会議で大胆な提案をした。

おれは先週、実験的な提案をした。

転校生が来たら、全部、全部ってゆうのは全員だな、このクラスに受け入れる。

受け入れますと言ったんだ。

これは実験だ。もちろんルールが変わるからな。一クラスの児童数のめどってのは、最大どのあたりかの理想数をおれは無視する。理想の数を。しかし、ほかの先生たちはうれしいだろう。負担が減るからな。そう、負担だ。一人の担任にかかえこめる数。

フタン、と復唱。

よし。

いいか？

転校生はふえる。

この四年四組の、いわば人口がふえる。

それでもこのクラスは一クラスでしかない。

おまえたち一人ひとりが、つまり、＝1だ。これが四年四組の定理、あるいはアンドウの四四定理だ。おまえたちは無限に、1だ。

4　4　4　4

だれが待ってるかなんてわからないからわざわざトンネルに入るんじゃないのかな？

おれは葡萄畑のあるところへ行く。
おれは彼女といっしょに行く。
おれは「葡萄狩りはしない」と言う。
おれはワインが好きだし、もちろん彼女もそうだ。
おれは「遠いところに来たな」と思う。
おれは葡萄畑を探す。
おれはその前に、電車でこの土地に来たから、降りた駅から線路沿いに歩いてみる。
おれはトンネル遊歩道があるとの表示を見て、彼女に「全長１・４キロだって」と言う。

おれは知る、そのトンネルは以前はＪＲ中央本線の電車がちゃんと走っていた、そのトンネルは明治時代に開通した、そのトンネルを走っていたのは電車でなかったりもした、蒸気機関車だったりもした、電気を利用しない列車は電車じゃない。

おれは彼女と、トンネルを歩きはじめる。

おれは見る、線路、鉄道標識、天井の煤、きっと蒸気機関車のだ、そしてトンネルの全部が煉瓦積みだ、水がしたたる。

おれは彼女と、三十分、たらたらと歩く。

おれはいろいろと話す。

おれは彼女といろいろと話す。

おれはトンネルの出口についても彼女と話して、実際、出口に到達する。

おれは彼女といっしょに、山を一つ、地中を通って抜けている。

おれは「まぶしいな」と言う。

おれは簡単に葡萄畑にゆきつく。

おれは葡萄を栽培している棚を見る、ハウスを見る、丘を下る、日照を感じる、それがワインを作る?

おれは彼女と手をつないでいる。

おれは舗道と葡萄畑と緑の渓谷がY字型に衝突するところに、バス停を見る。

おれはたっぷりの日当たりと、あざやかな緑のただなかに、十……十五……二十ほどのバス停を見る、だからバス停の標識を、標識群を、その密集を。

おれは「バス停の墓場だ」と彼女に言う。

おれは彼女が「時刻表、ついてる。終点、全部違うね。あ、終バスの時間も。ねえ、みんな錆びてる? ねえ、そうだよね。バス停だって寿命が来たら捨てられるんだ。用済みになったりして、そしてお墓があって。そんなこと、考えたこともなかったなぁ。ねえ、トンネルの先、バス停の墓場だった」と言うのを聞いて、奇跡だなと思う。

だれが待ってるかなんてわからないからわざわざトンネルに入るんじゃないのかな?

いくらですかと運賃をきいてみます？

そこはバス停の墓場なのです。いっぱいのバス停があるのです。どこどこ行き、の表示もみんな違うのです。じゃあ、そこにはバスは来ないのでしょうか？　わたしはバスを待ってみました。じつは、わたしは出口を探していたのです。その村は、夏のつぎに秋、秋のつぎに冬になったまま、ぜんぜん季節が変わりませんでした。冬が終わらないのです。雪がいっぱい積もりすぎて、村からも出られないのです。どうしたら冬のお外に出られるでしょうか？　そのために、わたしはバス停の墓場に行きました。そんなにもたくさんのバス停があるならば、きっと、いつかはバスが来るはずだから。わたしは昼間、そこに行って、夕方も待って、まだバスが一台も来ないから、夜まで待ちました。冬の村でしたから、寒かったです。でも、待ったかいはありました。真夜中にとうとう、バスは来たのです。金網のついたバスでした。そして、白い人たちが運転しているバスでした。わたしは、ママはね、乗りました。驚いたことに、白い人たちと思ったのは、うさぎの運転手さんと鶏の車掌さんでした。車掌さんというのは、ワンマン・バスにはいない、チケットを切る人なのね。ママは運転手さんに見憶えがあったから、あれ？　あなたはチーじゃない？　とききました。あのね、チーというのはね、ママが小学生のときに飼育係をしていて、校庭で世話をしていた白うさぎなの。ええ、迎えにきましたとチーは言いました。さあ、冬のお外に出発しましょう、とチーは言いました。車掌さんの鶏がコケッコーと鳴きました。ね、こんなお話なら、どう？　ほらね、この携帯のメールの写真、ふしぎなバス停のお墓のね、これはきのうママの古ぅいお友だちが撮影して送ってくれたって言ったでしょう？　ね、このお話で意味はわかったかな？　そう、もっと続けようか、いっぱい？　じゃあね、コケッコーの車掌さんに、いくらですかと運賃をきいてみます？

何点になるんだ？

自分のだめなところ。
持久力。
自分のいいところ。
瞬発力。だからこの瞬間は。この瞬間だけは。

どのくらい多くのマコーレー・カルキン・フルスロットルがいたのだろうか、かつて?

堅士君(ところでこの漢字、合ってる? ケンジ君)。

わたしたちはマコーレー・カルキンといっしょに生きてきました。

忘れちゃったかな。

たとえば『リッチー・リッチ』って映画、おぼえてる?

忘れちゃったかな。

もちろん『ホーム・アローン』はおぼえてるはず。わたしたちは春夏秋冬、真似しました。あのポーズ。頬に両手をあてて、「あー!」って言うやつ。

あの映画でマコーレー・カルキンは〝世界一有名な子役〟になって。

だからアジアの（大陸と半島と海の）東のほうの終わり、まさにワールズ・エンドの列島にいるわたしたち少年少女にも真似されて。

でもね。

わたしたち、リアルタイムでそれに付きあってたわけじゃないね。

勝手にね。勝手に「カルキン・ブーム」起こしたんだよね。

そう。

勝手だよね……。

そしてわたしたちは知ったの。

知ったのだった。

そのことを知ったんでした。〝世界一有名な子役〟のフルスロットルな、生きる軌跡。あまりに全速力な……。

さあ、思い出して。

堅士君、だから『リッチー・リッチ』を思い出して。

あれ、マコーレー・カルキンの、二十世紀最後の映画だったんだよ。『ホーム・アローン』からたった……四年。そう、四年だ。

まだ一九九〇年代の前半の制作で。

俳優、引退することになったんだよね。

子役なのに……。

わたしたち、それで「あー！」って言ったんだよね。世界一は、つらいなぁって。

両親が（じつのパパとママが）ギャラで揉めたとか、それってマコーレー・カルキンの出演料なのに。

なのにね。

ねぇ。

ボロボロになるんだなぁって。世界一になるのって最悪、たぶん二でも、三でも、きっと世界三〇〇とか三〇〇〇でも。だれにも知られないほうがいいな、わたしたち、だれからも相手にされないのがいいな、それが結論でした。つまり「あー！」って叫んでても、なにを時代遅れでバカな……って思われるほうが。

子供の発想なんだろうか。

それ、子供らしい発想だった？

逆だった？


どのくらい多くのマコーレー・カルキン・フルスロットルがいたのだろうか、かつて？

わたしたちはちゃんと一〇〇％の少年少女、してましたか？

それを問いたい。だから。

堅士君、『リッチー・リッチ』を想い起こして。それから、わたしのことも思い出して。

さあ、一通めのメールです。

いかなる手紙が宇宙のど真ん中で停止したか?

心配事がある。心配事は後ろに置いて、晴人は家を出る。実際には家の前に迎えの車が来ている。それに乗る。運転手に挨拶して、アシスタントらしき若者に挨拶する。若者? 晴人はふと思う。他人を若者なんて感じるって、僕はいつから若者を止めたのか? 晴人はそれから、世界はどうして下の名前でしか僕を認識しないのか、とも思う。例を挙げる。ハルヒト君、ハルヒトさん、ハルちゃん、それからルヒィ……。この手のおぼえられ方って、それでも女性には便利かもしれない、この国では、とふいに日本について考える。結婚してファミリーネームが変わる制度、しかも女の人ばかりが。上の名前で認識していたら、古い、古い知り合いが連絡してきても、だれだかわからない。それを回避するには、下の名前で……。車が幹線道路から、今度はハイウェイ的なところに入った。じきに有料の本物のハイウェイに接続するんだろう、と晴人は漠然と予測している。ずっと車中でラジオが流れているのだと思った、視線を上にあげたら、違った。TVだ。そこに小さな画面があって、電波を受信している。晴人は、そうかTVだったのか、と思う。アシスタントの若者は（やはり晴人は〝若者〟と脳裡に指し示す）、僕よりも後ろの席で、それを見ているんだろうか。席は三列あった。これは人を運ぶための車だ。あらゆる地点から仕事の場所、つまり「現場」へ。

TVが言う。

新年オメデトウゴザイマス。

TVが笑う。

モウ最高ニオカシインデス。

TVが示す。

サァ番組ニコンナオ便リガ。

どんなお便りだろう、と晴人は顔をあげる。一瞬は外した視線を、そこに、画面に戻す。大写しになっている手紙。葉書ではない、封筒だ。年賀状でも年賀メールでもない、この新年のための……。新年？　そうだ年が変わったんだった、と晴人はやっと認識する。そうだ冬にだってなってるじゃないかと続けて認識する。それで、どんな手紙だ？　車が下降する。道路が下向きに傾斜している。地中に入るようだった。トンネル状になった。交通混雑の緩和のための、ある種の立体道路だ。そのトンネルがはじまって、まだ続きそうだ。ＴＶがおかしい。テレビが停まる。停まった？　晴人は少し呆然とする。それからモニターに人工的な案内が、ただの無機的なアナウンスが表示される。『電波が受信できません』と。それから『お待ちください』とも。待つって……いつまで。手紙が停止している。画面に大写しになったそれが、宙に、掛けられたままで。静止画像となって在る。晴人は猛烈に知りたいと欲求する。コンナオ便リはどんなお便りなんだ。その知らせは。だから、さあ、希望を伝えろ。

いかなる手紙が宇宙のど真ん中で停止したか？

何割のクラスメートが聖者と化す資格を有しているのかを弾き出してみるプログラムってもう開発ずみだったかどうかの問い合わせは、した？

職員室にパーソナル・コンピュータが複数台、ある。もちろんネットワーク化されている。サーバはただ一人の職員しかいじれない。ただし、その職員は学校長ではない。時どきサーバは濁る。ただし、濁らせるのは学校長ではない。職員室には校長室が付属している。いわば職員室は「校長室付き」とみなせる。この観点からすれば、校長室は個室ではない。

だが校長室はサーバとも言えない。

わたしたちはウイルスだ。

わたしたちがコンピュータを濁らせている。

月曜日の朝礼。児童全員が整列する。縦に、横に。あれがビットの配列だ。八人が並ぶと一バイトになる。通常、走り抜けるコマンドは学校長の訓話で、これはプログラムを正常に機能させる。ただし児童の一定数は貧血で倒れるから（ばたばたと）、コマンドは一定の頻度で実行不可となる。

貧血による卒倒（ばたばたと、の）が一定数を超えたばあい、これはウイルスの仕業となる。

わたしたちの仕業だ。

あと一歩で学級閉鎖に追いこむプログラム。

わたしたちはプログラムなのか？

時おり、わたしたちは廊下を走る。プログラムだから、走る。この疾走には解放感がともなう。わたしたちは〝走る〟だけで校内を濁らせるのだが、それはウイルスだからやむを得ない。

たとえば関与していない現象は、一、ポールの国旗の掲揚、そこには「日本」という問題系がある。わたしたちを動かしているのはわたしたち用のコンピュータ言語で

何割のクラスメートが聖者と化す資格を有しているのかを弾き出してみるプログラムってもう開発ずみだったかどうかの問い合わせは、した？

あって、日本語ではない。二、予想外の体育館の使用。雨の時季、体育館はしばしば混雑の極みにおかれるが、これはコンピュータの濁りの帰結ではない。

梅雨が来ても、わたしたちは困らない。

落雷が来ると、わたしたちは困る。

コンピュータが唐突なシャットダウンに追い込まれるとき、わたしたちも「終了」する。

ところでわたしたちは、体育の授業に出席するさいには体操着を着る。

ウイルスの着替えは目撃されたことがない。

しかし、わたしたちは着替える。

一クラスは何人か？

これは未知数yとしよう。

すでに連立方程式だが。

わたしたちはyに示される数に分裂して、体操着になって、雨の時季ならば体育館内を満たす。

それから教室に戻る。また着替える。教室の、後方で。壁には学級新聞が貼ってある。じっさいには画鋲で留めてある。それはヨーヨーヨーヨーと読まれる。しかし、人によってはヨンヨンヨンヨンと読まれもする、『四四四四』だ。その紙名が。

紙だ。

紙はウイルスに冒されない。

デジタル化されていないがゆえに聖域に置かれる。

ただの紙なのに。黄変し、やすやす燃やされてしまう紙片なのに。それが勝利するのか？

聖域。

わたしたちは、そこに保護されて誕生するはずの聖者を夢見る。それらの聖者に怯える。凡庸な人間が凡庸ではない環境でやすやす聖者として、羽化する。だから児童たちの未来には、脅威がある。わたしたちは驚いて、問い合わせをする。何割のクラスメートが聖者と化す資格を有しているのかを弾き出してみるプログラムって……。


何割のクラスメートが聖者と化す資格を有しているのかを弾き出してみるプログラムってもう開発ずみだったかどうかの問い合わせは、した？

あと何分？

おれは思うんだが、赤ずきんちゃんはこんな話だ。彼女の祖母は遠いところにいる。だれも住んでいないところに住んでいて、そこが森だから、そこには狼（やら、名づけ得ない怪物たち）がいる。どうして祖母は森にいるのか？　森は人間の住むところなのか？　赤ずきんちゃんは事情を知っているわけだが——たぶん——、おれたちは知らされていない。赤ずきんちゃんは「森にも行ける」少女だ。これは驚異的な能力と言っていいだろう。異能だ。ただの人間の女の子ではない。あるいは、一種の強化スーツとしてそれを着ているのかもしれない。

それ。

もちろん赤ずきん付きの、だからパーカだ。

色彩はもちろん赤。

見るからに戦闘的なパーカだ（と思う。目にしたならば、そのはずだ。だが、目にできる者はどこにいるのか？　森にいるのか？　だとしたら、目撃者はすなわち森の怪物に類する生物なのか？　怪物の仲間なのか？　きみはどうなんだ？）。もはや彼女が「赤ずきん着用」時点で、その生物としてのモードは変更されている。

半分人間だ。

人間であるのは半分だけだ。

パーカの、裾はなびいたか。

かもしれないな。

そして、森だ。彼女はそこに入り込んでいる。この物語に七人のこびとは出ない。あれも半分人間だった。それから狼が出る。赤ずきんちゃんが狼に遭遇した。

「あら、狼さん」

「サレ」

「去れ？」

「ココハ森ダ」

「わかってるわよ」

「ダカラ、サレ」

「用事があるのよ」

「アルワケ、ナイ」

「あるのよ。おばあちゃんがいるのよ。そこにむかうのよ」

「ソレガ人間デアルワケ、ナイ」

「おばあちゃんが？」

「オマエハ悪イ」

「わたしが？」

「オマエタチガ」

　狼が先回りをする。森を、赤ずきんちゃんの祖母の家をめざして、森のなかの獣道を。その道を通るならば、人間はずっと遅れる（に違いないと狼は確信している。狼はあまりに純粋なのだ）。すでに森に「人間の種」が蒔かれていることを、狼は赤ずきんちゃんと話して、知った。老成した人間が、すでに暮らしている！　それは見えない汚染だった。純然たる森の生物の視界には、けっして捉えられない。だが、いまはヒントを得た。だとしたら……だとしたら……。
怪物になれ。おれが怪物になれ。
狼は走る。
獣道だ。狼用の、あるいは猪や熊も通るのかもしれないが、道を。
しかし赤ずきんちゃんはただの人間ではない。
半分だけしか人間ではない。
狼を追う。
パーカの裾がなびいた。
その色彩は、赤……赤！
追いかける影だ。狼を、びしっと追跡しつづける色彩だ。森のなかの不自然な赤。
少女の目が光る。
ぎらりと光る。ずきんの下で。双眸が。おばあちゃん、待っててね。おばあちゃん
――おばあちゃん！
狼は間に合う。
狼は捨て身だ。祖母をしとめる。

そして半分人間に立ちむかうためには、おのれも半分人間にならなければならないと直観する。その直観は正しい。だから祖母を演じる。祖母となるための「人間装」をする。ああ、これで半分人間の狼だ、と狼は思う。これでおれも十全に怪物だ。

森のためにおれが森を汚染するのか。

しかし強化スーツは、狼を巨大化した。

その〝パワー〟の点で。

それから対峙がある。

赤ずきんちゃんの祖母の家で、半分人間の二者がむき合った。

それぞれの半分ずつが、「これは騙しあいだ」――と理解している。

ここからはグロテスクでエロティックな様相を呈する。だからこそ、民話としての赤ずきんちゃんが世界を席捲したんだが。それってどこの民話だ? まあいい。もう時間もないから(ほら、バス停はあと二つだけだ)、おれはつづける。携帯の画面にも字をこうして打ち込みつづける。狼が、グラスに入れた祖母の血をさしだせば、少女は、それを美味しいワインだわと言って呑み干す。挑戦を受けて立ったのだ。しかし――この時点で――赤ずきんちゃんの人間性はすこしばかり絶対的に棄てられた。

敗北を回避するためにそうしたことで、結局、赤ずきんちゃんは人間をやめはじめている。それは半分人間であった様態とは、少々異なる。

肉も食べた。

狼が祖母の声を出して、「お食べ」と言ったのだ。

それは挑戦だったから、「あら、美味しいわ」と答えたのだ。

あるいは彼女は、血と肉によって祖母自身となる——摂取によって〝祖母化〟することで、より強靭さを増そうと意図したのかもしれない。それほど森は、アウェイだった。だからこそ森の生物たちは、排除を試みた。

狼は強化スーツを脱がせようとする。

一枚ずつ、お脱ぎ、と言う。赤ずきんちゃんに。

着ている服を。

その挑戦を、赤ずきんちゃんは受ける。

脱いで、暖炉に放り込んだ。

本来ならば、脱げば、半分人間のモードから「常人」のそれに状態をダウンさせるだけだった、はずだ。しかし、そこには戦術がある——たぶん——、だからこそ、らんらんと双眸を輝かせて、少女は裸体にちかづいた。

ほら、祖母の血が消化される。

ほら、祖母の肉が消化される。

あと少し。

あと……ほんの……少々。

全裸の少女が、もちろん胸もまだ出ていなければ、陰部に毛も生えていない少女が、毛だらけの狼とむき合う。この瞬間、狼は戦慄した。毛だらけならば勝てたかもしれないのに、おかしな「人間装」をしている。祖母の装いをまとったことで、毛の力が抑えつけられてしまっている。それは強化ならぬ弱化スーツなのだ。

半分人間では、負ける。

やすやすと少女に、屠られる。

そして少女が襲いかかるとき、狼は言う。人間の（祖母の）声音を棄てて、言うのだ。「オマエニハモウ、ズキンハナイヨ」と。「オマエガ赤ズキンナモノカ」と。

この瞬間。

この瞬間だ、魔術はたしかに成った。この物語から赤ずきんちゃんが消える。しかし、消えたものは読み手なり聞き手を満足させないから、それは狼の腹に収まる。

そう、赤ずきんちゃんは食べられてしまったのです。

おれは「つぎで降ります」のボタンを押す。バスの車内の。間に合った。あと一分は、あるか？　送信しよう。検討してもらおう、大峰に。おれが携帯電話で書いた、これ、このテキストに、ちゃんと絵をつけられるかどうか。

なあ、大峰。

本題です。絵本作家になろうぜ。おまえ、立ち直ンないとな。天才なんだろ？

どうして引き算はネットワークを汚染するのか？

「はい、こちらは少女プログラム一号です。美味しいあんみつの作りかたを発見しました。寒天は素材第一主義でゆかなければなりません。その上で、どんなふうに賽の目に切るか？　プリッとしないといけません。そうです、寒天はプリッと。料理の秘訣はまず足し算、素材や調味料をどう足すかで、それから掛け算の発想が生まれます。そして、ついに引き算の発想も！　これが素材厳選主義、『不用意に足さない』スタイルです。ここから実行プログラムを出産祝いにかえます。落合と町田の二人のこと、憶えてますか？　そう、同級生結婚です。子供を産みました。でも、落合は町田になったから、いまは落合ではありません。町田ナオだよね。その当時、わたしたちは将来きっと街を産むものだと思っていて……。いいえ、懐古主義はやめます。それで、引き算のディテールでした。あんみつのための引き算の実際は——あ、もしもし？　もしもし？　どうしたの少女プログラム二号？　どうして処理が停まるの？　これネットワークの渋滞？　もしもし？」

何年前に「劇団名はアトム・ラブズ・ウランにしました」と言われたの？

追憶についての戯曲の執筆には困難がともなう。その理由を考えてみよう。たぶん現在が過去を内包する構造になるからだ、と思われる。演劇というものは、いま現在、リアルタイムで立ちあらわれる表現だ。そこに虚構としての過去が挿入されれば、必然的に構造はメタになる。つまり、リアルタイムで起動させている表現はじつは——と断わりを入れるまでもないが——フィクションなのに、そのフィクションがさらにベール一枚の向こう側のフィクションを要求するわけだから。そして、それを咀嚼しなければならないのは観客、という事態に至る。

不親切だな。

しかし僕が問題としているのはそれか？

もちろん違う。戯曲がその他の「文学」のジャンルと決定的に異なるのは、それが声に出されることを前提とした作品である、との一点に尽きる。もちろん読まれるためにだけ書かれる戯曲はあるのだろうが、それはエセ戯曲だ。失敬。

たぶん戯曲は過程にある。

舌足らずの説明だけれども、途上にあるのが戯曲だ。

それは上演の途上にある。

そして、上演するのは一つのカンパニー、ある年代というか日時に限られないから、出口は無限にある。

つまり無限にむかっての途上にあるのが一つの戯曲だ。

一から。

∞へ。

このことはさほど理解されていないと思う、僕は。

そして問題は、戯曲は台詞で成立しているし、それはつまり、出口——すなわち上演時——においては声に出して読まれる、ということだ。稽古期間は決して読まない、

何年前に「劇団名はアトム・ラブズ・ウランにしました」と言われたの？

という強い姿勢を持ったカンパニーがあってもいいし（たぶんタブーが関与しているんだろう、想像するに）、本番で流すのは字幕であって声ではない、との前衛的あるいはポリティカルな気概を持ったカンパニーがあってもいい（全員の観客が「耳が聞こえる」との思い込みを棄てよ！）。あらゆるものには例外があり、例外を孕んでこそ「全部」は成立する。というわけで、例外は排除した、僕は。

声が発せられるのが戯曲だ。

声を発するのは肉体だ。

肉体はいま、ここにリアルに存在している。

すると過去の声とは、なにか？

つまり、これが僕の追憶の戯曲に対する躊躇、どうしても感じざるを得ない困難の、核だ。一つのモットーを掲げるならば、「声はいま誕生しなければならない」となる。

ならば、過去の声とは？

そこで僕は止まる。

それを響かせる手段を透視できなければ、もう書けないからと、止まる。

ここには僕の耳のよさがマイナスに作用しているのかもしれない。マイナス。そうだ、あの引き算の記号。僕は過去の声をどう聞いたらいいのか？

つまり、あのフレーズに僕はぶたれるのだ。「懐古主義」って四文字だ。

ノスタルジアだって？

僕たちの子供時代には線が引かれている。その線からこっち側が二十世紀、あっち側が二十一世紀……。僕たちは世紀をまたいだ子供たちだ。それがどうしたって思うか？　気をつけて想像するといい。じきに世紀をまたいだ子供たちは減る。そして消える。全員が二十一世紀生まれになって……。

その線のこっち側。

いまではあっち側。その終わりには、そうだな、大量殺人がありました。それから、地球滅亡の予言がありました。ジェノサイド、ジェノサイド、カタストロフィー。なんだっけ、あの言葉？「春巻ゲドン」？　違うよ、ハルマゲドンだ。

何語だよ。

いずれにしても二十世紀の紹介は、死、で済む。死、死、肉体の死だ。望まれているのは大量の死だ。望まれなかったら二度の世界大戦なんて、起きていない。

……そうか。

声を発する肉体がもしも死んでいたら、それは過去の声になる……。

のか？

それで僕は電話をかける。劇団名については、電話を切ってから語るから、このことに関しての会話は交わされない（あるいは記録されない。いや、待てよ、電話を切ってからなのか——かける前じゃないのか？　それも何年も前に？）。

「あ、いま大丈夫？

うん、まあ書けてる。

いや、書けてない。

頭では書きあがってる。

抽象的なブロックがあって。

そう。

メンタル・ブロック？

これもそう言うのかな。

それでさ。

何年生のときに、だれが死んだんだっけ。

その子、出られないかな。うん、役者で、舞台に。言わせたい台詞があるんだよ。言わせたい台詞が、たんまり、たっぷり? 頭のなかにあって、それを書けたら戯曲はばっちり完成するんだよ。そうさ、二日で仕上げてやる。だから、ほら、何年生のときの」

何年前に「劇団名はアトム・ラブズ・ウランにしました」と言われたの?

だれがアトムの記憶を再生したか？

エスカレーターを息子と二人で降りる。
「どっちにつかまる？」と訊いたから、
「ほら、左」と教える。
「こっちが左？」
「そっちが右」と訂正する。
「どっちもつかみたい！」とわがままを言うから、
「シンはちいさいから無理」と正直に言う。
そうか、とおれは思う。
つかまれるようになるだけで、しあわせなのか。

どうしてこのしあわせをおれは捨てた?

どこでポイした?

「ちいさいちいさいちいさい」と息子が言うから、

「だから食べれば、育つぞ」と教える。

「おいしいのを?」

「なんでも」

「ブロッコリーきらい!」とわがままを言うから、

「緑黄色の呪いだ」と解説する。

ほとんど煙に巻いた。

エスカレーターがまだ下のフロアにつかない。

「りょくおーしょっく?」

「そうだ、ショック」

「しょくおー、ショック!」

緑王、とおれは頭のなかで変換してみる。

いいかもしれない。

「緑王」と言うと、

「ショック！」と合いの手が入る。

まだ下のフロアにつかない。

息子が急に神妙な顔つきになる。

「どうした？」と訊いたら、

「おなかのネンリョーは、ごはん？」と問われた。

「そうだよ」と答えたら、

「あたまのネンリョーは？」と訊かれた。

頭の燃料？

記憶だ、とおれは思った。

だからおれは、

「燃料は、メモリー」と教えた。

するとと脳裡にふいに回答が響いた。ＯＳの名前はアトム・ゼロ。待て、だれだ——だれだ。いま脳を——おれの脳を——ハッキングしたのは？　だれだ？　おれは必死でエスカレーターの手すりにつかまる。ぎゅう、とつかんだ。そうだ——両手でつかまないと――そうしたら幸福が――
「めーもりー」と息子が歌うから、
「シン」とおれは、
息子の名を、
呼んだ。

四四四

起立、礼。やぁ、そのままで。ちょっと着席を我慢しろ。今日は手紙を受けとったから、言うことがある。たしか落合の父兄からの……あぁ、姉さんからのか。おかしなもんだな。父兄ってチチとアニって意味だろ？　どこに姉さんを入れたらいいのかな。これはＰＴＡの大問題だ。そして、手紙だ。「いつもお世話になっています。中略。一が一であることはかまいませんし、いろいろな数が一になると証明されたとも聞きました。それも私的にはかまいません。ですが、妹に、そして妹のクラスメートに、無理数の説明をしないでもかまわないのでしょうか？　僭越ながら」……その、センエツってゆうのは、出過ぎてますがって意味だな、落合の姉さんは凄いな。十九歳だったか？　半端な大学生じゃないな。それで……「一分でわかる無理数講座を、ぜひとも担任の安東先生にお願いできればと、切に願っております。後略。かしこ」

って、そうゆうことだ。だからな、この話だけはしよう。無理数だ。じつは一と二のあいだに、二と三のあいだに、三と四のあいだに、数がある。しかもそれは、分数じゃないんだ。だから、だから……。そんな無理数の転校生が来たら、先生はすこし、困る。しかしな、名前はつけられるよ。ルート転校生だ。

√。

さぁ復唱しよう。ルート。

黒板に書くからな。いい記号だろう？　じゃあノートに写すために着席。

それからな。

三組と四組のあいだに学級はないからな。肝試しで、ちびるなよ。ありそうに見えたら幻覚だ。「四・四……」と数えてもういちど「……四」。この再確認の呪文で、魔除けをするんだぞ。うん、字あまりの定理だ。四四四。

どんな職場ならば就業時間中に辞表を出してガトーショコラを食べに行くか？

ここは海じゃないんだ、と彼女は思う。だんだん海なんじゃないかって気がしはじめていて、違う違うと否定する。でも、お店がじつは太平洋と日本海と瀬戸内海に囲まれてるかもしれないって可能性は、どう？　彼女はそんなふうに自問している自分に愕然として、飲みすぎだ、と判断する。どうして居酒屋の壁には、メニューがこんなふうにばりばり貼られてるんだろう。ばりばり？　ばらばら？　ばんらばんら？　なんだろう？　と彼女は思う。

「お札みたい」

「なにが？」

「お札じゃない」

友だちの一人（彼女の友だちのボーイフレンドだ。さっき、足のさきで彼女の太股にふれてきた。その靴下、どうなんだよ、と彼女は思った。臭いことないのかよ？）にそう応じて、ここには祈りもおまじないも無し、と判断する。メニューはただのアイキャッチのためのメニューで、定番と本日のおすすめがあるだけだ。そこに、赤丸。しかも二重丸。〆鯖、と彼女は思った。うん、あれはシメサバって読むはずだ、と彼女はうなずいて、"〆"の字がなにかに似ているとは思うが、どうしても答えを出せない。

そして魚介。

海のメニュー、いかのお刺身、平目に、鳥貝に……。

「ビール、ジョッキで追加の人」

「はい」と彼女は言う。違った、あたしは梅酒のロックだったのに。いろんな梅酒がここにはあって。そうだ、京都の梅酒もここにはあって。それをロックにしようって思ってて。でも、京都は海とは縁がないの？

「若狭湾」


どんな職場ならば就業時間中に辞表を出してガトーショコラを食べに行くか？

「あたし、訊いた？」

「いやだ、ちょっとトイレ」

「で、だれが辞めるの？」彼女はやっと訊いた。

そこまで足のさきで侵入するなよ。手を握るのと、違うぞ。店員の年配の女性が「うちではねぇ、鶏の軟骨の唐揚げがぁ、自慢ですから」と自慢するのが彼女の耳に入る。ここは海じゃないんだ、と彼女は思う。それとも海棲ニワトリ？

海。海の音がする。

高梨は会社を辞める。

あたしはどうするの？

もう吐きたい。ここには食べたいものは無い、無い。ああ、もうジョッキが空いちゃうし、と彼女は思う。脳裡にはガトーショコラが浮かんでいて、「あたし、あんたの顔に塗ってやるから」と宣言する。彼女は声に出している。

何回ガチャガチャいった？

それから僕はシジをする。ちゃんと電話でつたえる。これは携帯電話です。僕のポケットは携帯電話のハカバではありません。「でもね、でもねでもね、ハカバはあるの」と、かけてきた子が言う。その前に「どうしてママじゃないのにでるの？」と言う。僕はまず、ちゃんと携帯電話がマヨい込んできたことを説明した。これはどうにもならない。いつもいつも、僕は説明してきたけれど、これは勝手に起きる。僕の右のポケットで起きることが多い。左のポケットにはちっちゃなナイフが入っていて、僕は、このナイフで皮をむかないとフルーツが食べられない。あんまり大きなナイフは持っていると警官にショクムシツモンされるって、僕はマユねえに言われた。マユねえ、ねえの字は姉。でも僕は書けません。だってマユねえはいつもいるから。いる人を字にしたりはできません。

それから携帯電話の子がふしぎなオハナシをした。

オハナシをしながら「ママにそうだん、する」と言った。

僕は「なにを？」とたずねた。「だって、でないでないの、まわしてもでないの」と言った。僕はぴんときました。だから説明した。「お金は入れたんだね？」って。「ちゃんと、ちゃんとちゃんと！」とその子は言った。僕の持っているこの携帯電話は僕がショユウしていいものではないから、僕はきちんと回答しようとする。その子がママにたずねているんだから、僕がシジしないとって思う。何回ガチャガチャいったか問い合わせながら、僕はほんとうにバス停の……ハカバなんてあるんだろうかと疑問に思う。でもなんだか、あるのがわかる。そして、そうしたオハナシの全部がはじまる前に。僕は電話に出たのでした。「はい、トトキです。こちらはトトキです。こちらは」

なぜ僕がヘルプミーって叫んだらいけないんだろう？

妻に冷蔵庫という名前をつける。冷蔵庫は病気になってしまう。その治療にはさまざまな費用がかかるが、払えない。かつて家族と縁を切ったことを僕は後悔するが、借りられない。どこの正規雇用の社員でもないことを、保険を三年前に解約したことを悔やむが、遅い。しかし家にはキッチンがあり、そこには「刃物のようなもの」があり、必然的に僕は犯罪を選択する。拳銃を持たないで犯罪が行なえる日本に生まれたことに感謝しながら、押し入り、裏の倉庫に店員を案内させて、そこに業務用の冷蔵庫を発見して、もう揉みあえない、と知る。

だが冷蔵庫は生きなければならないのだ。

なにどこだれどれが？

零下50℃のチューブ状の通路があって、底に、
光が見えます。
降りる？
（でもチューブ状の通路は四つある）

どちらを取るか、ゲームとマジ？

おれは館長と会場で待ち合わせをした。会場は市立のスポーツセンターだった。そのセンター内の武道場だ。武道場とそうでないスペースの違いは、床だ。たとえば畳の床でできるスポーツは、限られている。そういうことだ。

そのスポーツセンターは公園みたいな敷地の真ん中あたりにある。

真ん中だったかな？

もしかしたら、そこ――その公園みたいな敷地をただ単に横切って辿りつけるってだけかもしれない。おれは把握が甘い。こういう施設に通うなんて思ってなかったから、いま現在も流されている。

おれはもともとスポーツになんて縁がない。

気がついたら、まあ、闘っている。

それでおれが何を問題にしているかっていうと、アマチュアのおれが出場するその格闘技のトーナメント戦の、はじまりが午前十時だってことだ。これは、朝だ。わかるやつはわかると思うけれども、朝はからだが硬い。硬かったり、まあスムーズに動かなかったりする。すると何が起きるのかといえば、動きが鈍いから、負ける。

つまり午前十時より前に、どうにかする必要がある。

おれは館長と午前九時十分に待ち合わせをした。

それからウォーミング・アップする。道着に着替えて。

「なあ高梨、横になれ」

「こうスか？」とおれ。

「そうだ。力、脱け。いいか？　右足をとるぞ。そう、九十度上げておけ」

「はい。あ……」

「もう少し、叩いとくぞ。ここのな、腿の裏側にパンチ入れておけば、あとでな」

「つぎは左スか？」

「そうだ、左足」

「はい。で……」

「おう。膝が瞬発的に出るようになるんだよ。考えるより前にな」

「膝蹴り？」

「そうだ」

おれがやっているのは空手ってことになる。しかし、ジャンルは喪失した。この大会はアマチュアの、〝立ち技〟のトーナメントだから、どこかで異種格闘技戦の様相を見せる。中国拳法のおかしな連中がいっぱいいる。でも、あの手のやつらだって、カンフーシューズは脱がされる。

裸足がルールだ。

武道場だから。

「館長」

「しー」

「え？」

「七人しか道場生のいない流派で、人前で〝館長〟って呼ばれるのは、その、な……」

「いいじゃん」

おれは、ため口をきいてしまう。館長はおれより三つ年下だ。仕事で知り合って、仕事を離れて呑んで、流派を興したと聞いて、意味不明だったから詳細をたずねて、一度参加しようよと誘われて、レンタル・スペースの道場に足を運んで、ミットを蹴ったら意外にストレス発散できて、カタ――踊りみたいな型（そこにいろんな技が含まれている）の練習はきらいだったが覚えたら褒められて、気がついたら「入門」させられていて、その後に二十七人が入門して二十六人が消えて、でも以前からいる人間はやめずにいて、おれは入門した以上、館長にこういう場では呼び捨てにされて、高梨、とだけ呼ばれて、試合に出ようよと誘われて、しかし日程が合うのがおれだけで、おれ一人がこのトーナメントに出る。

まいったな。

何がまいるのかといえば、負けるよりは勝ちたい、と思う自分がだ。

一勝はしたい。

つまり二回戦には出たい。

トーナメントだから、二回戦には勝ちあがりたい。

まいったな……こんなものにマジになるつもりはなかったんだよな。

人間の精神って、精神っていうかプライド？　なかなか困ったもんだな……。

「あれ？　高梨、今日はやけに柔らかい？」

「からだスか？」

「おう」

「ストレッチ済みです」

「じゃあ、会場入りする前に？　家で？」

「あー、その、走ってきたんで。それから公園で」

「疲れすぎてない？」

「いや、その、あー……おれ、二週間前から朝型に変えて、ずっと走ってるんで」

「マジ？」

そりゃマジだよ。おれは思う。

ゲームだからマジだよ。

勝敗出すために、そのために。目的はゲーム。

ゲーム……なのか？

おれがわかったのは、わかったというか空手をはじめてから理解したのは、強いとか弱いとか、そういうのは状況設定によるということだ。しっかりとウォーミング・アップしたやつとそうじゃないやつだったら、前者が勝つ。酔っているやつと酔っていないやつだったら、後者が勝つ。だから午前十時からの試合なら、午前十時にはベストな肉体に調整済みのやつが、たぶん、勝つ。

それは面倒なことだ。

起床時間を決めて、朝食の時間を決めて、朝食の——栄養素の内容を決めて、消化にかかる時間を計算して、それプラス運動、となる。

面倒だ。

だから、たいていのやつはやらない。会場に入ってから、全身を温めるって程度だろう。だとすると、それに三時間先んじれば、勝つ。

おれは調整してある。

おまけに膝蹴りも、今日は出るらしい。

「膝、瞬発的に出るんですよね、館長？」

「出るぞ」

「瞬発的に、膝、出ますかね？」

「考えてたら、出ないなあ」

「うす」

おれは、オス――例の〝押忍〟とは言わない。あまりに空手っぽいから。そんなことを言わされる流派だったら、体験稽古というか体験入門でやめた。さいわい、館長は〝押忍〟主義ではなかった。

で、うす。

午前九時五十分。

「さあ、リラックス」と館長。

助言されずとも、おれはリラックスしている。

午前十時の少し前。

ほんの少し。

そして午前十時。

呼び出しがある。一回戦二組、タカナシ君――と。そう、試合は君付けだ。おかしな世界。相手も君付け。ワイズミ君。

しかし呼び出しの訂正がある。ワイズミ君はただのイズミ君だった。きっと「和泉」って二文字の漢字で書く苗字だ。

これはタカナシ君、対、イズミ君だ。

イズミ君の顔はこわい。しかし、身長はさほどでもない。一七〇センチない。

そうか。

それじゃあ。

午前十時。ここでは二つの試合が同時に行なわれる。おれは二組。ニクミ……二組？　おれの頭には四組ってコールが響いた。反射的にクラスの番号はそうなる。すると、午前十時からひとつの苗字が引き出された。十時って書いて、トトキって読む。

あの子。

そうだ、あの美少女。

糞。

告白しとけばよかった。

おれは小四で初恋して——。

「高梨！」

館長の声が響いた。それを合図に力を脱いた。でも何も考えていないおれは、膝蹴りは出さず、何も考えないままに相手のタッパを目測して、完璧な上段回し蹴りを出していた。

そう、ハイキックが出る。

おれと勝敗を争っていたイズミ君が、倒れる。

あ。初恋?

だれが同心円の真ん中にいますか？

わたしはSサイズのカップで本日のコーヒーを頼む。
「ホットでしょうか、アイスでしょうか？」
わたしはホットでと頼む。
わたしは空いている席に座る。
わたしはテキストを開く。
わたしはノートをそれから開く。
わたしはテキストが意外にむずかしいことに驚いてしまう。
コーヒーを飲む。
わたしはノートに人名を書き込みはじめる。

わたしはコーヒーのカップがその重さを減らしはじめるのを感じる。
わたしは持っているカップの重さでコーヒーを飲んでいるのだと実感する。
わたしはノートの白い部分にわざとカップを置いてみる。
コーヒーの雫が黒い半円のようなものを描く。
黒い、欠けている円。
わたしはMサイズのカップで本日のコーヒーを追加注文する。
「ホットでしょうか、アイスでしょうか？」
また訊かれた。
また答えた。
またテーブルに戻った。
以前のSサイズのカップは片付けない。
わたしはノートにもっと詳細なデータを書き込みはじめる。
わたしは人の名前の隣りにいろいろなことを思い出しながら書く。
わたしは小さな字で書く。
わたしはMサイズのカップですら重さを減らすのを感じる。

わたしは飲み干しつつあることを実感する。
わたしはそのＭサイズのカップを片付けない。
「ホットでしょうか、アイスでしょうか？」
わたしはもちろんＬサイズのカップで追加注文している。
わたしはそれでも同じ二者択一の質問を受ける。
いいかげん学習しなさい。
しかし怒鳴らない。
叱りもしない。
奇妙な、ちょっと不気味な人間はわたしのほうだと思えるから。
わたしのテーブルにＳとＭとＬサイズのカップが並ぶ。
わたしは最後のカップにだけ黒い、熱い液体が入っていることをわかっている。
わたしはノートの人名に赤い丸を付けたり、青い波線を付けたりする。
わたしは人物の相関図を作ろうとしてみる。
わたしは挫折する。
わたしは相関図の線が引けない。

「片付けましょうか？」

声がして、店員が親切に言って、SとMのカップに手をのばす。

二つが宙に浮き、一つが卓上にのこる。

SとMとL。同じ丸いもの。カップの飲み口に円があるもの。

それが小から中から大へ。

わたしは思う、ズーム？

わたしは思う、同心円？

わたしは思う、中心……人物？

ふいに、わたしはわかる。わたしは直観する。わたしは昨日送られてきた案内状をとりだして、それをノートの白い頁にひろげて貼る。同窓会だか同級会だかのそれの、お知らせ。わたしは三つのカップからついに理解して、ついに線を引きはじめる。

わたし、神様？

「あ。このコーヒー、不味い」

そうです、神様はやっと気づきました。不味いコーヒー、飲みすぎです!!

いつまでにノイズたちは沈黙する?

たとえばこんな情景だ。あたしたちは猫を飼っている。あたしたちは同棲していて、一匹の猫を飼っていて、その猫は雑種の白猫で、あたしたちは暮らしはじめて六カ月めで、四カ月をすぎたころから雲行きがあやしい。でも、あたしたちは平等にその白猫を愛していると思う。

あたしは彼のいろんな部分が許せない。無駄なこだわりとか、あたしの言うことを聞いているふりをして聞いていないし、食べかたがちょっと汚いとか。もちろん違う人間だから愛したし、愛したから暮らしはじめたわけで、そのことを理解しているし、でも、あたしはあたしを全面的に受け入れないことが結局はまるっきり許せないんだと思う。あたしたちは同棲しているけれども、あ、こんなところが嫌いだ、とはっきり思う瞬間に、彼を見るあたしの視界に白い線が無数に走る。

あたしの視野はノイズだらけになる。

白猫は愛おしいのに、白いノイズは憎しみを駆るだけ。

いやだ。

あたしが、いやだ、という顔をすると、彼が乱暴に反応するようになった。

そして、こんな情景だ。彼は大判の分厚い雑誌を読んでいて、彼がなにかを言うか、あたしがなにかを言うかを契機に、その〝乱暴〟が暴発する。あたしはまだ、殴られてはいない。けれど、この日は雑誌を投げつけられる。それはあたしの頬に当たって、跳ね返り、ぽろん、とカーペットに落ちる。あたしの一メートルとちょっと前の床に。落ちた雑誌はページを開いた。写真がある。そのページに載っているのは風景の写真だと思う。それは旅がテーマの雑誌だからだ。

どんな写真かなんて、わからない。

視界はノイズだらけだから、ノイズの疾走レースだから、わからない。

怒号もそう。

そして猫が、ジャンプする。あたしたちの白猫がソファから跳んで、その雑誌のその開かれたページに載る。それは「やめなさい」という合図だ。それは彼とあたしのちょうど真ん中の空間に現われて、分け入って、「やめなさい、にゃん、仲介です、にゃん」と宣言するアクションのランゲージだ。

あたしは泣いた。

座り込み、猫を撫でる。

その雑誌のページの上で、白猫は、旅しているように見える。あたしの視界のノイズはまだ轟々としていて、あたしは光と影しかわからない。写真には光が、それから影があるんだとしか。でも、写真にはキャプションがついていて、それは撮影クレジットで、その部分だけはノイズの波を通過して読める。たぶん白猫を祝福しているように感じられたからphotograph by Snowとあるのが見えるし、読める。撮影者の名前がスノウだから、あたしは、白猫が撮ったみたいだと思う。

猫の撮影した写真。

そんなことだって、あるのだ。あたしたちはきっと別れるだろう。でも、この瞬間は愛おしい。あたしは網膜に、猫と雑誌をまるごと、記録する。

だれの口から「家に帰ろう、ロバに乗って、アルミニウムの橋を越えて」との号令が発せられたのか？

それからこんな情景だ。

あたしは絵本作家になった。じつはあたしには才能があるのだ。ただし一冊ごとに出発点がちがう。タイトルから全部がはじまることもあるし。色からのこともあるし。もちろんキャラクターからのことだって。ちなみにあたしは色を塗るみたいに言葉が塗れる。それは感情にそれぞれ色彩があるのに似ている。それから感情がいろいろな動物にシンボライズされてもぜんぜん大丈夫だって現実にも。

たとえば？

怖いときは猿。笑えるときはシマウマ。でも苦笑の感情はインド象。

あたしはこんな話を思いついた。まず犬がいるのだ。そして犬が猫を飼うのだ。その猫が七面鳥を襲うのだ。そして七面鳥は……七面鳥は？

待って。

あたしが取りかかった新作はもうタイトルがついている。なかなかフックのあるタイトルで、それは『家に帰ろう、ロバに乗って、アルミニウムの橋を越えて。それが号令だよ』というのだ。でも、あたしが思いついている物語はこのタイトルに調和しない気がした。犬と猫と七面鳥のトライアングル・ラブ。もしかしたらロバが余計なのだろうか？　ロバが邪魔者？

あたしは七面鳥にロバといっしょの逃走劇を演じさせようと考えて、その情景を頭に想い描いて、ああ、南北のアメリカ大陸のシンボライズみたいだなって思う。そうだ、あたしはアルミニウムの橋を越えられる。

なにが一九八一年に起きたか？

そのことはわからない。しかし、ある瞬間からはじまったのだとはわかる。これはルヒィの話だ。どんな集団にもポジショニングというものがあって、人それぞれにポジショニングの欲求というものがある。単純に「上に立ちたい」やつとか、「上に立っている奴に導かれたい」やつとか。つまりリーダー志望者がいて、大衆志望者がいるという構図だ。なりたいから学級委員長になるやつは、いた。他人から推薦されて委員長や副委員長になっても、心のなかでは誇らしいなって感じているやつも、いた。そして、だれかが委員長や副委員長になれば、あとは従うか、文句を言えばいいから、役職につかないことを選択する人間も。

文句、これはシステムに組み込まれている。

大衆の〝資格〟っていうのは、上の発言を唯々諾々と呑むか、上の発言の正反対を唱えるか、どちらかだけを選ぶ——選べる——部分にある。そこにだけ、ある。発言の表か裏か。そこに一二〇度違う方向のや、七十三度のや、次元すら一つ二つ違うのを持ち込んだりは、しない。

そんなことをしたら、宇宙人になる。

ほら、世界はついに三つにわかれた。

1。リーダー。

2。大衆。

3。宇宙人。

そしてルヒィの話だ。子供たちの社会（コミュニティ？）にも1と2はあって、この事実は当の子供たちにも理解されているのに、3はほとんど認識されない。だからルヒィは、3にはならずに1と2のあいだの潤滑油を選択した。ルヒィは正直だ。ルヒィは愛情にあふれている。いわばピュアだ。しかし「上に立ちたい」欲求もなければ、そうした欲求が実在することも気づけないでいるものだから、目立たない級友たちを慈しんだ。そして、目立たない子供っていうのは、じつは1でも2でもない。

未来の時点からふり返ると、わかる。ルヒィはいいやつだったって。しかし「いいやつになりたい」やつは、単純にいいやつのはずがない。せいぜい1だ。分類の1。

ルヒィはそうじゃない。いいやつだった。

もちろんルヒィにだって野心はあったし、いまもある。成長したルヒィがその名前で呼ばれることはないから、いまのルヒィにはない……いまのルヒィなんて「いないのかも」しれない。

じゃあ、話を戻そう。

なにが一九八一年に起きたか？

それをルヒィは放課後の教室で考えている。ルヒィは掃除をしている。実際にはルヒィたちが。分類の2の連中は付和雷同してサボって消えた。だからルヒィが、僕たちでやろうや、と言った。二人が、うん、イエー、と笑ったし、それにもう一人、数カ月後には違う学校に行ってしまう女の子も、参加した。

掃除される教室がルヒィは好きだ。

机たちが廊下に出されてしまうから。

廊下に出された机たちは走らないし（もちろん！）、教室のなかは不思議な顔つきになる。とても不思議だ。フラットだ。級友たちの室内での絶対的ポジショニングにも、もう汚染されていない。

こんなに広い、とルヒィは思う。

床はこんなに平らだ、とルヒィは思う。

空っぽだ、と一瞬思って、いつも、空っぽとは違うんだよね、とルヒィは思う。

じゃあなんだろう？

それがあるとき、判明した。ちなみにこの体験が起きたのは一九八一年ではない。ぜんぜん違う。ルヒィは、二人の男の子と一人の女の子と1でも2でもない豊かでフワフワとした掃除をつづけながら、あ、と気づいた。この教室には僕たち以外も、ずっと、いた。一年ごとに違う男の子と女の子たちがいて、通過していった。

そうだ。

だから〝年〟が通過していった――。

それはいつからはじまったのか？

一九八〇年まで、この小学校は木造校舎だったという歴史をルヒィは思い出す。

それだ。

だから一九八一年から、新校舎になる。この校舎になって、毎年、その〝年〟が通過していって、それは幽霊たちだ。ルヒィは通りすぎる幽霊たちに、やあ、こんちは、とモップをふる。

すると教室の窓ガラスを風で叩いて、幽霊たちも返事をした。

そして最後の晩餐は

その煙草に火をつけることを老人は決意した。これは最後の一服だ……いや、最後の晩餐だ。もうお終いにしよう、と老人は決心した。おれはこんな年齢で独りになるつもりはなかった、おれが確実に、確実に先に逝くはずだったんだし、そうだ……妻を看取ることになるとは思っていなかったのだ。

しかし歳月は過ぎた。

予想は裏切られて当然だ。

そうだ、髭、と老人は思った。まだ黒い毛がおれの髭のなかにある。これは予想外だ、なにしろ……さっさと白いだけの髭になると予感していたのに。

老人はそこで、もう思案するのはやめよう、と心に思う。そうして思うのもまた思案の一種だと気づいて、ただシンプルに行動する。煙草だ、そのために火を準備する。ただし煙草に点火するためにライター類は用いない。マッチを出し、そのマッチで紙を燃やした。A3サイズの黄変した古紙だった。おれは慕われていたな、と老人は思う。たかが用務員が、子供たちの学級新聞の人気投票で、ああ……一位・二位・三位の、しかも校内の一位に選んでもらえたなんて。

いい思い出だ。

おれが焼却炉で、しょっちゅう、あの四年四組の掃除のごみ出しの子供たちとニコニコ話していたから?

あの子たちは、と老人は思う、なにかを〝燃やせる〟というのは権威だと、そんなふうにおれを認めた。おれに焼却を託しもした。そうして、この学級新聞で……おれは一位に選ばれた、わけか?

栄光の時代。

ありがとう、と老人は言う。だれも用務員の顔を憶えていないだろう。それでいい。おれは火をつけて、おれは燃やし、おれは煙を喫い込むことで、おれは消える。

なあ、と子供たちに言う。時間は不思議な流れかたをする。そうだ……するよ。

四四四四

「起立もしないし、礼もしないし、着席もしない。そういう年齢じゃないしな。あの頃のおれの年配に、そうかぁ、おまえたちが達したか。

これは先生の感慨だ。

それにしてもな、同級会に、こんな集まるなんて。

なあ、四年生のだぞ？

しかも校舎をそのまんま会場にして。

これ、異例だぞ？

あらゆる定理には例外がある――はずはない。

なのにな。

先生は会えてよかった。

いまな、放送室にいるんだ。おまえたち、校庭でも聞こえるだろ? それでなぁ、昨晩なぁ、おれは44を二乗にした。ほら四組だったから、それが再会するわけだろ? 同級会を数式かそれに類する形に変えると、44の二乗がいいって、そんな――気がしたんだ。

その解はな。

その解は。

問題じゃないんだ。

お帰り。そしてこれが、オンエアだ」

本書は二〇〇九年七月から二〇一〇年五月まで河出ウェブマガジンにて、44週にわたり連載されたものです。

4《よん》4《よん》4《よん》4《よん》

二〇一〇年七月 一 日　初版印刷
二〇一〇年七月一一日　初版発行

著者　古《ふる》川《かわ》日《ひ》出《で》男《お》
発行者　若森繁男
発行所　株式会社　河出書房新社
東京都渋谷区千駄ヶ谷二-三二-二
電話　〇三-三四〇四-一二〇一［営業］
　　　〇三-三四〇四-八六一一［編集］
http://www.kawade.co.jp/

組版　株式会社キャップス
印刷　株式会社亨有堂印刷所
製本　大口製本印刷株式会社

Printed in Japan　ISBN 978-4-309-01992-5

ハル、ハル、ハル

「この物語は全部の物語の続編だ」世間からはみ出してしまった3人のハルが世界を疾走する。乱暴で純粋な人間たちの圧倒的な〝いま〟を描き、話題沸騰となった著者代表作。

河出文庫

ボディ・アンド・ソウル

作家フルカワヒデオの魂は彷徨《さまよ》っていた。失われた妻を求め、導師に導かれながら、この〝低音世界〟で物語は語り続けられる。21世紀の路上に響く、衝撃の神聖喜曲。

河出文庫